小说家的散文

金仁顺　著

众生

河南文艺出版社

·郑州·

作者简介

　　金仁顺，1970 年生，现居长春。著有长篇小说《春香》，中短篇小说合集《桃花》《松树镇》《僧舞》等多部，散文集《白如百合》《失意纪念馆》《时光的化骨绵掌》等，编剧电影《绿茶》《时尚先生》《基隆》，编剧舞台剧《他人》《良宵》《画皮》等。吉林省作协主席，曾获骏马奖、庄重文文学奖、作家出版集团奖、林斤澜短篇小说奖、《小说月报》百花奖、《小说选刊》短篇小说奖、《人民文学》短篇小说奖等多种奖项。部分作品被译为英语、韩语、阿拉伯语、日语、俄语、德语、蒙古语等。

目录

高丽和我

.

1. 高丽

小时候我是个爱打架的孩子，生气时不喜欢吵嘴，喜欢像男孩子一样动手解决。其中的两次，至今想起来还很清楚。

一次是和邻居家的两个孩子，他们一姐一弟，手里挥舞着拖布把儿那么长的木棒朝我冲过来时，嘴里哇哇叫着，一副电影里冲锋陷阵的战士们进攻的姿态。我向后退时，反手摸到身后的石墙，那一瞬间无路可逃的绝望，是我在少年时代体会到的最大恐惧。在情急之下，我顺手抄起身边的一根扁担，踢翻了两只空水桶，迎着他们抡了起来。与其说是我打赢了他们，不如说是他们被我当时的样子吓坏了。那一次我大获全胜，从他们身边离开时，与其说是喜悦，不如说是从大难中逃脱出来的轻松。

还有一次打架是在小学五年级。我和班里的一个男生先是吵了两句，然后动起了手。他在暴怒之下，穿越十几张课桌朝我冲过来，教室变成了丛林，同学变成了猛兽，他的牙齿和爪子瞬间放大很多倍，朝我扑过来，要咬断我的喉咙，把我撕成碎片——他的怒火如野火一般蔓延，是因为我作为他们家的邻居，知道他们的家丑：他父亲和另外一个女人有私情，被那个女人的丈夫带人逮到，在他父亲身上划了十几刀，刀口不深，没有害死他的意思，但刀刀划出血来，用来泄愤和惩戒。两个男人因为同一个女人，各自背负了羞辱，各自受到了伤害。有了这些伤害，他们在某种意义上也达成了平衡。不平衡且不公平的是，父亲的耻辱传到了儿子的身上，父亲的伤口在儿子身上产生了同样的疼痛。我并不是不知道这个道理，但我仍然选择当众揭他的短，因为他先触及了我的痛处，他叫我"高丽"。

我第一次和人挥舞着扁担打架时，也是为了这个。

高丽。

少年时代，我痛恨这两个字，谁敢把这两个字当着我的面说出来，无异于在我的身前地上吐了一口唾沫，那是我绝对不会容忍的。在我小的时候，我的父母经常像对待男孩子一样操心我和别的孩子之间发生的战争。我个头不高，体弱多病，性情却像男孩子一样野蛮生长，我能把很多比我强壮得多的同龄孩子打得头破血流，他们到我家里找我父母，告我的状。

在童年和少年时代，我才懒得辨析"高丽"这两个字的具体含义，我只知道因为这两个字的附身和概括，使我与周围的孩子有了分别。别人在谈到我时，总要用这两个字补充一下，或者干脆只用这两个字来定义我。

一个高丽孩子。

很多大人也这么说我。他们用异样的眼神打量我，仿佛我身上藏着什么神奇或者秘密的东西，仿佛这是一句暗号，是我跟某个他们不熟悉的神秘世界的连接。他们的目光在我身上搜索，想找出原委，他们的目光让我厌恶，但无法摆脱。

这两个字同样也用在我父母，以及我的姐姐哥哥身上，但他们似乎不像我那么介意，很多时候他们只要耸一下肩膀，就能把这两个字抖落掉。

我有过两件丝绸质地的衣裙，短短的上衣只到心口处，宽宽的裙摆垂在膝盖上面，衣带在胸前扎着大大的蝴蝶结。在 20 世纪 70 年代末的中国，街市上的衣服大多是灰蓝黑色，黄绿色已经算是醒目的颜色，我的衣裙如此艳丽，艳丽到有毒。穿上它，就等于承认自己是特殊的人物，注定要受到瞩目和议论。而与众不同是非常危险的事情。我不要穿这件衣服，我的坚决抵制让妈妈不能理解：这么美的衣服，为什么你不喜欢？我被强迫着穿过几次，在这件光鲜华服的包裹下，我发现自己皮肤很黑，头发枯黄，神情委顿，因为怕把衣服弄脏弄坏，举手投足像木偶一样僵硬，这根本不是衣服，它是照妖镜，照出了我的本质：我是一个丑陋的小怪物。

多年以后，我才明白，这件华服承载了多少东西，历史、文化、风俗，还有最重要的，美。它跟中国历代的经典服饰和日本的和服一样，美得东方，美得神秘，美得大开大合，气度不凡。华服是女人最好的掩体，把东方女人身材上的缺陷魔法般地转化成魅力，它同时还有力量：我是我，我在这儿，我确定！

衣裙是细夏布做出来的，与中国的丝绸和日本的织物不同，夏布是用麻线精纺出来的，虽然名叫"夏布"，却多是在秋冬季节织就的。那分别是芦苇飘絮和雪花飞扬的季节，在那样的时间里织出来的细夏布，每一根麻都带上了清凉的气息，颜色又无一例外是纯白的。某些植物的汁液被提炼成染料，靛蓝、草青、明黄、茜红、墨黑，对夏布进行染色处理，夏布的纹理再细密也是通透的，染在夏布上面的颜色，深沉里面含着活泼，活泼下面含着深沉。这些布料会被巧手剪裁、缝制，变成短衣长裙，变成宽袍阔袖，它们附身于年轻女人俏丽的身上，保持着独特的挺括。当女子悄无声息地从木廊台上走过，衣袂翩然，倩影流光；而某些纯白的夏布衣服里面，有男子从袖中抽出一把白纸折扇，"啪啦"一下子打开，上面四个墨字遒劲洒脱：君子不器！

夏布衣只穿一天便要变脏起皱，它们会被连夜洗净、上浆、熨平，保持洁净和挺括。就像木槿花，朝开暮落，每一天都是新的。

如同言情电影里男女主人公从看不顺眼到爱得不能自拔一样，我在长大成人之后，忽然爱上了这个民族的很多东西。

我不知道这个过程是怎么完成的，忽然之间，我体味出原本被我厌弃的东西中间，埋藏着别致的美丽。这种美丽因为意料之外，惊心动魄。

少年时担心被独自抛弃的恐惧在我成年后变成了惊喜，我发现我拥有一个藏满宝藏的山洞，而开洞的咒语，只有我知道。

2. 女人

在中国，朝鲜族女人是勤劳、干净、贤惠的代名词。在中国北方，有个朝鲜族妻子，是朝鲜族男人们被其他民族男人嫉妒的最重要理由。从另外一个角度上讲，这种名声的得来难免酸楚，朝鲜族女人是辛劳、悲苦的代名词，家里的一针一线，一汤一饭，要她们料理；外面的一草一木，大事小情，也要由她们操持。春天时，她们在北方冰冷刺骨的水田里挽着裤腿，背上背着没人管的孩子插秧，秋天时戴着草帽割稻子的也是她们；家里家外，她们鞠躬尽瘁地侍候着长辈和丈夫，抚育子女，好酒好菜优先供应给男人，她们自己常常是边干活，边揩干净剩饭剩汤。朝鲜族男人酗酒者居多，酗酒的恶果，不只是懒惰、自大、责任缺失、耽于享乐，还通常伴随着暴力。朝鲜族女人就像湿地，接得住暴雨，经得起干旱，抗得住毁损，湿地内部会贮藏水分，长出荷花，以及芦苇。

上高中时，有一次我患病住院，与一个朝鲜族中年女工程师同在一个病房，她的丈夫也是工程师，陪护着她。男人看上去很不起眼，黑，而且瘦，寡言，笑起来很温和，甚至还有些羞怯。读大学时他和她是同班同学，两个人学习毕业、恋爱结婚、工作生活，像数学公式一样严丝合缝，顺理成章。随着住院时间的增加，我和女工程师聊天的内容也不断深入，彼此探进对方生活的角角落落，一不小心，就碰到了隐秘处。我才知道，男工程师酗酒，喝醉之后常常家暴，打妻子打得像十八世仇人。有一次他把她从炕上踹到地上，踹折了她两根肋骨。而她此次住院，一半是旧病，一半是他暴打之后，生出了新疾。

我很震惊。震惊那个温和表象下的男人身体里面，居然潜伏着如此恶魔。而他所有在病房里表现出来的良善和耐心，也不过是上一次暴行的尾音，以及即将到来的新暴行的前戏。他每天上午、下午各来探视一次，身上带着酒味儿，坐在床边注视着自己的妻子，打量着自己的一亩三分地，他知道他可以对她为所欲为，这让他感到安宁和满足。

女工程师从来没对丈夫发过脾气，至少当着我的面从来没有过。她随遇而安，对他端茶倒水、擦脸掖被角之类的行为坦然接受。她习惯了拳打脚踢，也习惯了他的小恩小惠，没准儿还以为这些都是婚姻必然产生的副作用之一之二之类的。她接受自己的命运，她是他的妻子，也是他的祭品。她那么心平气和，倒让我意绪难平。如果不是生病，大部分时间得躺在床上打吊瓶，我很想找机会在经过那个男人身边时，制造一次意外事件，把一杯热水淋到他衣领里面，或者弄倒挂吊瓶的架子，砸破他的头。

我的一个表嫂，腰身纤细，皮肤白得像细瓷，笑容可掬，又温柔又妩媚，来我们家做客时，跟我睡一个房间。我们关着灯聊天，话题杂七杂八，她用漫不经心的口气跟我说，前几天家里拉取暖煤，我表哥在朋友家喝酒，她一个人把六吨煤从外面挑到家里的煤棚里。

六吨?! 我无法表达我的吃惊，更无法相信和我躺在一起的细弱的肩膀，在几天前曾把六吨的重量做了一次转移，却奇迹般地没被这个重量压倒。她的口气不是炫耀，也不是抱怨，只是正常述说。在黑暗中，我希望她的语气是炫耀，或者抱怨，她的这种"正常"，太让人心碎。

幸福是相似的，苦难却是各种各样的。随着接触的人和事情逐渐增多，我意识到朝鲜族女人身上最让人震撼的地方，并非体现在对苦难的承受上，而是她们转化和消化苦难的能力以及方式。

苦难如果是黑色的实心球，朝着朝鲜族女人劈面打过来时，有的人会说，啊，这个煤球可以拿来烧火的啊；有的人会说，啊，这个煤球可以让孩子锻炼臂力的啊；而对于打到她们身上的痛，她们会假装那是意外，或者根本不存在。痛是无形的，只有她自己知道，如果她不讲，别人不会有任何感觉的。更何况，痛是可以麻木的，可以缓和的，可以好起来的，可以遗忘的，既然如此，又有什么好计较的？

朝鲜族女人很会给男人找借口。男人不进厨房不做家务，那是天经地义的，因为男人生而伟大，如果让他们染指日常琐事，庸俗的事情就会像磨石一样，打磨掉他们身上固有的优秀品质，从而使得他们在大到国家命运，小到个人前途之类的重要事情上，不能表现出令人敬仰的男儿气概来。家务事小，国运事大。可问题是，放眼望去的这些男人，胸中哪有半点儿雄心豪情？倒是占了便宜还要卖乖，卖了乖还要再粉饰自己的平庸。男人们经常酗酒，聚众玩乐，对家庭财务危机视若无睹，只把个人的享受放在首位，他们有时候自己也羞惭吧？但没关系，朝鲜族女人早就替他们准备好了借口：男人嘛，大丈夫嘛，难免要社交，要抒怀，而酒是当然的载体和媒介；男人们这么窝囊，她们替他们难过，觉得他们没遇到好机遇，老天对他们不公平。

朝鲜族女人的所作所为，很像那篇著名的童话《男人总是对的》里面的老太婆。童话里面的老头子，他用马换了牛，用牛换了羊，用羊换了鹅，用鹅换了鸡，用鸡换了一麻袋烂苹果，他回到家里如实对妻子招认过程，每个行为都获得了老太婆由衷的夸赞，老太婆激动地说：太好了，隔壁邻居笑话我们吃不起一颗烂苹果，可是你看，现在我们有了一麻袋。她没有提起家里损失的那匹马，可能是她老糊涂了，忘记了。

朝鲜族女人就像一块磨石，经年累月，她们用尽全力，打磨掉男人的责任担当，把他们的无情和冷硬打磨得越来越锋利，她们以身饲血，成为刀刃下面的第一个祭品。私底下，主妇们也会抱怨连连，对酗酒的丈夫烦透了，恨死了，日子一天也过不下去了。但抱怨过后，日子总还能继续过下去。

主妇们在一件事情上持有共同而坚决的态度，不让家里未出嫁的女儿太劳累，她们会拼尽全力让女儿们尽可能快乐轻松地长大，让她们十指不沾阳春水，让她们跳舞唱歌，让她们读书学习，在出嫁之前，每一天都过成节日。婚礼的那天，热闹和繁华是对女子最隆重的收买，一夜之后，女孩子变成女人，她的生命即将由明丽转入暗黑。每个婚礼上面那个掩面痛哭、最悲伤难抑的人，都是新娘的母亲。

朝鲜族女人是这样的辛苦、悲酸，但这并非她们的全部，就像金达莱花总能拱破硬土和石块，在北方的春寒里面，在棕褐色的枝干上面，最早开出花来，朝鲜族女人也是一样，在种种生活的挤压之下，她们快乐美丽的芽苗，总能绽放出来。以前生活条件差的时候，她们用头顶着瓦罐去取水，纤细柔弱的脖颈一天天变粗变硬，她们却在这个过程中，跳起了水罐舞；而路边野花遍地，百鸟齐鸣，则能逗引出她们的歌唱意愿，让她们放声高歌，艰辛的取水之路，因此变成了歌舞红毯。

朝鲜族女人喜欢打扮，勇于尝试所有她们自认为能使自己变得更加动人的东西。衣裙鞋子、包和化妆品，都是她们的最爱。无论小姑娘还是老太太，都热衷于把自己打扮得花枝招展。她们生活节俭却经常在衣饰上面一掷千金，她们过着米饭配酱汤的日常，但也要偶尔打扮光鲜地去餐馆就餐。在家门之外的世人眼光里，人们幸福与否，是靠外貌和消费被判断和归类的。家里再穷，外面也要表现体面，也要尽可能地博来尊重。

我曾经在市中心地段买过一个小公寓，因为地处繁华，楼下各种小店鳞次栉比，其中有一家朝鲜族餐馆，清爽干净，食物又能唤起我舌尖上的童年记忆，难免经常光顾成为熟客。老板娘大部分时间在吧台后面忙碌，服务员忙不过来时，她也偶尔端菜端饭。对于老板娘身份而言，浓妆艳抹，披红挂绿，似乎天经地义，但这个老板娘已经满脸皱纹，青春不再，她的扮相就难免有些一言难尽了。她还很喜欢让人猜测自己的年龄，当然，每个人都尽量往年轻里说她，明明看上去有 60 岁，也往 50 岁说，但这仍然不能让老板娘满意，有时，甚至还会惹她生气，她听不到自己想要的答案就会一脸不乐意地说：我和你差不多大，才 40 多岁。起初我很奇怪一个如此爱美的女人，为什么允许自己老得那么早，老得那么快？后来见到她的丈夫，才知道她已经 65 岁了，但她却执拗地要把自己再变回到 40 多岁。皱纹，身份证，自己丈夫的老态，儿女的年龄，什么都不能改变她自欺欺人的决心。她的这种性情我只在玛格丽特·杜拉斯的身上见到过。这个法国女作家在 66 岁时，接受了不满 30 岁的扬·安得烈亚的炽热追求，谈了一场轰轰烈烈的黄昏恋，在她 68 岁时写出了代表作《情人》。

3．酒和歌舞

与女人的明快风格恰成对比的是，朝鲜族男人大多数沉默寡言，当然，喝了酒以后就是另外一回事了。这一方面可能与传统有关，朝鲜半岛秉承儒教传承，推崇士大夫精神，男人的理想形象是苍松翠柏，顶天立地，高洁自守。沉默是男人最好的修养。聒噪不休的，是树上的麻雀。

我父亲是极少数既不喝酒也不抽烟的朝鲜族男人。

但他却经常请朋友们来家里喝酒。事实上，节假日、周末，或者生日、纪念日，朋友们之间登门道贺，吃饭喝酒，是我小时候大人社交生活的常态。

夫妇们都是一对一对来的，进门的问候和寒暄之后，男人们脱掉鞋子坐到酒桌边儿上，女人们脱掉外套进入厨房。男人们吃菜喝酒，女人们在厨房忙碌。酒过三巡，菜过五味，男人们的情绪开始高涨起来，酒桌上的喧哗与骚动，一波波地传导出来，漫延到厨房，女人们端菜进去时，会提醒自己的丈夫，少喝点儿，别失态。尽管她们也知道这种提醒和警告毫无意义。

我父亲不能喝酒，却一直耐心地陪坐，看着别人推杯换盏，他只是微微地啜上一点点，也会满面酡红，他很耐心地等到酒精在朋友们的身体里释放，像无数火星，先是点燃他们的语言系统，让他们开始高谈阔论，继而点燃他们的喉管和身体，让他们舞之蹈之，歌之咏之。爸爸等待的时刻来临了，这位男高音，他胸腔里面的歌唱之神早就在他的胸腔里面潮汐般涌动不止，马上就要从声道，从嗓子眼儿，从唇齿之间，奔涌而出了——

一方水土养一方人。歌和舞，如果是魂灵的话，它们选择了朝鲜族男人女人，做他们肉身的宿主。歌舞活在朝鲜族人的血肉中间，活在他们的灵魂深处，随着情绪琴弦的拨动，随时飞起——

我现在还能清晰地记起那些歌声，高昂或者低沉，直飞云霄或者百转低回，从宴饮的房间里连续不断地响起，伴奏的乐器是筷子和酒盏的敲击，是手拍桌子的重音强调，是在水盆里面倒扣的木瓢上面敲击出来的鼓音，甚至是不由自主的喝彩声和兴奋的喊叫声。人人当仁不让，你方唱罢我登场，偶尔他们中间的某个人，会因为自己唱功输了人，去厨房把自己的老婆拉过来，女人们围裙都没脱掉，但一进入歌唱的程序，立刻换了个人似的，神情和态度焕然一新，她们身体里面的歌唱小鸟啼声初起，随着旋律羽翼渐丰，直至高潮处的一行白鹭上青天。

朝鲜族民谣十分高亢，没有一副好嗓子垫底是唱不了的，抒情性又强，高亢之上还要百转千回。平常时候，大家会觉得朝鲜族与日本民族有很多相通的地方，其实两个民族间有很大的不同。日本民歌是低回中偶尔高亢，但主体以沉吟抒怀为主，他们气定神闲，高傲唯美，讲求含蓄，偶尔热烈地展开怀抱，奔放一下之后随即收拢，回归内敛；朝鲜族民谣却有着大开大合的气质，有烈性烧酒的性子，不管不顾，不知道害臊，为了表达自己而拼尽全力，血脉偾张。朝鲜族民谣没有极致，它攀上了高峰，然后把高峰变成高原，却在高原之上，再摞起一个个险峰，没有止境地往高处拓展，路越走越窄，声嘶力竭，直至咯血——

朝鲜族民谣里面，《阿里郎》是国宝级的民歌。民间和国宝，似乎是相悖的，但凡事有特例，《阿里郎》即是其中之一。

《阿里郎》是从女性视角叙述，爱郎离去，归来无期，佳人无限忧郁。这首民谣有浅唱低吟的、极力压制的伤悲，也有不顾一切的、披头散发的抒怀。爱和怨，赤诚诚，火辣辣，爱人的体温仍然停留在肌肤上面，生离的撕心裂肺，血丝缕缕，优美的曲调跟悲怆的心态，像冰里面含着的火，火里面煨着的冰。它构架出来的美、悲伤，乃至绝望，都是极致的。

朝鲜族的盘瑟俚，和中国的戏曲有相似之处，也是有唱有念、且歌且舞地给观众听众们讲故事。艺人手里一把折扇，开开合合，翻手为云，覆手为雨。盘瑟俚演出要求不多，表演者，再加上一位鼓手搭档，有个空场便可以了。相比之下，中国戏曲讲究得多，复杂得多，也华丽得多了。如果说盘瑟俚演出是写意，中国戏曲则是工笔了。

韩国有一部电影名叫《西便制》，讲的就是盘瑟俚艺人的故事。盘瑟俚按地域划分为"东便制"和"西便制"，唱法也有区别，"东便制"声音洪亮，气氛热烈，情绪高昂，而"西便制"则细腻、悲怆。《西便制》这部电影中很详尽地描写了一个女孩子成长为杰出的盘瑟俚艺人的过程，她的父亲为了把她留在身边，趁她生病时，在她的碗里下药，让她变成了一个瞎子。他封堵了她的大千花花世界，把她逼往艺术的羊肠小道。生活的诸多艰辛让这个女孩子先是迷惘，既而成长，最后成熟起来，最终，她了解到盘瑟俚演唱的骨血，参透了盘瑟俚艺术乃至人生的真谛。

一个非常悲情的故事，在国际电影节上得了大奖。我却觉得这个故事编得太像故事了，剥掉盘瑟俚的外壳，它放到任何一个东方国家，都是成立的。影片的主旨太鲜明，方向太清晰，反而就缺少了点儿什么。影片里面的一个情节让我心动。女孩子刚开始表演时，被几个财主类的男人招去唱"堂会"，他们被她的美貌吸引住了，并不在

17

乎她唱得如何；而女孩子知道自己才艺高超，却也在男人们的关注之下有些虚荣和满足。但那是她第一次正式演出，演唱盘瑟俚本身带来的新鲜经验，实在太吸引人，男人们的轻佻言语最终被无视，女孩子沉浸在自己的演唱里，自己迷住了自己。这个时候的女孩子，青涩可爱，离真正成为盘瑟俚艺人尚有千山万水的路途，但她迈开了第一步。

盘瑟俚这样的艺术形式，非得是老辣的、洞察世事人情的老艺术家，才能达至化境，他们历尽磨难，见惯生离死别，称得上是人生的智者。既嘶哑又深沉的唱腔，是对人生和人性最完美的表达。

朝鲜族舞蹈的动作，乍一看简单至极，手臂、腿、脚尖，随着旋律动起来就是舞蹈了，条件有限，地方狭窄时，能供两脚站立的方寸，即可容纳舞蹈的存在。小时候的家宴，歌声一起，随之总有人从座位上起立，舞之蹈之，中年男人惯常的刻板表情，融化成一团和气，脸上露出调皮的笑容。

朝鲜族舞蹈最简单也最难，有点儿像太极，极简之处蕴藉最深，大象无形。

16世纪朝鲜半岛出了一个奇女子，名叫黄真伊，集名妓、诗人、舞蹈大师等几重身份于一身，从历史的坐标上看，她还是个行为艺术家和女权主义者。她与当时的学者、艺术家、士大夫等名流高人交往密切，为人处世不拘一格，跳脱挥洒，特立独行，其风采令无数男人倾倒。当时有一位很有名的高僧知足大师，多年寄居寺院潜心修行，黄真伊自称是佛门弟子，深夜裏披袈裟叩开知足大师的房门，在内室为他跳了一段舞蹈，知足大师因此破戒，第二日于羞惭之中圆寂。黄真伊对这个结局颇为遗憾，不乏痛悔。但事已铸成，只留叹息。当时黄真伊为知足大师所跳的独舞，流传下来，即是僧舞。细究起来，内室舞蹈本就是两个人之间的私密，知足大师第二日即圆寂而去，黄真伊悔之莫及，以她的率真性情，她断不会再在第二个人面前跳这段死亡涅槃之舞，那么，后世流传的僧舞，可见是依照葫芦画瓢，取意而非形了。

黄真伊在弥留之际，嘱咐身边朋友，把她的尸身弃于江边，切莫做举行什么丧仪之类的事情，灵魂远遁，皮囊不必挂牵，她还要求，在她的葬礼上，朋友们要用歌舞的欢响灵动，取代哭泣悲悼，人世悲苦，一寄如是，今朝飘然而去，大幸，万幸！于是，黄真伊的传奇添上了浓墨重彩的最后一笔。

4. 风俗和传统

鸭绿江由长白山天池发源，像条幼龙，在群山中间蜿蜒穿行，恣意奔涌，直奔朝鲜湾。中国和朝鲜半岛各有支流汇入鸭绿江，使它保持了充沛的水量。但作为一条国际界河，鸭绿江政治概念远远大过地理概念。它不够宽阔和险峻，只要会游泳，都能轻易地在国与国之间来回。更何况，一年之中还有将近五个月的时间，严寒把鸭绿江变成中朝两国间一条水晶胶水，把两个国家粘连成一体。边界两岸的老百姓，滑个冰就出国了。

中国东北沃野千里，不仅吸引了众多关内的移民来垦荒，朝鲜半岛的老百姓也成群结队过来春种秋收，冬天再回家。再后来，他们不耐烦来来回回了，定居下来。中国于是多了一个少数民族——朝鲜族。

20世纪30年代到40年代，战争频发，除了农民以外，朝鲜半岛更多的人跨越边界，来中国定居，这些人中间，包括我爷爷奶奶，以及姥爷姥姥。

从小学到大学，要填写多少个表格，早就记不住了，但表格里面有一项"籍贯"，却总是让我为难，"籍贯"即是故乡，家族最原初的那个地方，我不知道我们家族的故乡在哪儿，父亲和母亲都是2岁时被带到中国来的，他们在异国他乡、在战乱的烟火中，随着自己的父母定居某地，再离开；从一个地方到另外一个地方，他们在朝鲜族人聚居区内长大，学习和使用母语，他们当然也会讲汉语，尽管他们一开口，就能让汉族人听出不同的音调。他们不断地变换生活环境，最终变成了中国公民。

我父母这辈人，都有着漫长的迁徙经历，不断地变换居住地，最初为安身，接着是为安全，然后是工作或者结婚，当他们年纪大了，可能还要因为孩子们的事业家庭，再度迁徙。他们这一辈人，走的是一条阿里郎的路，处处无家处处家，战争和政治、城市和乡村，没有什么是他们没经历过的，希望和伤感，永远打包在他们的行李里面。也恰恰因为这些，他们比谁都更知道亲人和朋友意味着什么。他们在哪儿都能迅速地找到同类，形成自己的生活和社交圈子。

多年来，在家庭内部，我们被父母教导，见到长辈要跪下磕头、问安，有客人来要问候，送客人离开时，要全家人一起送出大门外，并等着客人拐过弯看不见背影才可以转身回去。饮食方面，米饭、泡菜、酱汤、打糕、冷面、米肠——母亲们用传统的朝鲜族饮食喂养子女，让我们的舌尖和胃肠带着强烈的"籍贯"。朝鲜族饮食原料并不像日本那么讲究、挑剔、极致，也不像中国那么地大物博，菜系繁多，朝鲜族的饮食食材朴素，无非白菜、紫苏、辣椒、土豆、粉丝，各种青菜等寻常之物，却能做出格外的清新鲜香，很重要的因素在于它们耗费的人工和耐心。朝鲜族从来不是奢侈的民族，这在饮食上面便可见出，但他们也从未放弃过对丰富和高雅的追求，朝鲜族菜系是粗粮细做的典范，很少浮华，务实求真。每年秋天的泡菜季，白菜摞成山，一遍遍地清洗，盐渍去水，再清洗，腌菜的缸可以装下三个成年人，大蒜要成盆成盆地剥，还要捣成蒜泥；鲜红的干辣椒成堆地被石磨研细，还有生姜、苹果、白梨，盐、味精、白糖，一盆盆的配料和调料最后融合在一起，艳丽夺目，像秘密或者诺言似的，层层抹入白菜菜帮之内，最后收拢封好，等待发酵。季节此时也正式进入了冬季，整个北方进入休眠期。可妈妈不闲着，下霜之后，妈妈要在别人收割后的白菜地里撒上樱菜的种子，在霜冻之前把它们收割回来，樱菜在寒凉的土地和气候中长大，茎秆细弱，挑拣起来十分费劲儿，但妈妈从未嫌弃麻烦和琐碎，经过腌渍的樱菜仍然保持着鲜绿的颜色和独特的清香，是佐餐佳品，这才是她关注的重点。

我们被这些饮食喂养长大，我们的胃肠就是我们的故乡，食物曲曲弯弯地在我们的身体里游走，滋养我们，我们的内部，天然就是一首阿里郎。

入乡随俗。

每年的春节，是我们的大节日，但朝鲜族人不贴春联，也不挂灯笼迎财神。对于炒菜、包饺子、放鞭炮、拜年，倒是完全的"拿来主义"，完全融入。相对于春节，朝鲜族人更在乎端午节和中秋节。每年的端午节，是朝鲜族人的大日子，对于未婚青年男女而言，这一天有"元宵节"的意味，"去年元夜时，花市灯如昼。夜上柳梢头，人约黄昏后"。端午节，大家纷纷走出门去，跟亲朋好友齐聚，女孩子们荡秋千、压跷跷板，展现妖娆娇媚；男人们则摔跤、射箭，卖弄力量无穷。这个一年一度的开放式相亲现场，让多少青年男女看花了眼，跳乱了心。《春香传》里面的李梦龙和春香就是端午节在谷场上一见钟情的。

中秋节，也同样是大日子。朝鲜族人的祭奠日子有两个，一是清明节，一是中秋节。家人提前准备好供品、酒水、香火，去上坟，在坟前完成祭拜仪式之后，铺上桌布，大家坐在一起喝酒吃饭，寓意不言自明。这种祭奠方式与野餐结合在一起，既有纪念又有风味，令伤感的追忆里面充满了烟火气。但旧时代，女子不好抛头露面，有些男人便去妓院找来妓女，带着她们一起去祭奠亲人，然后喝酒野餐，载歌载舞，也不知道地底下的亲人是会骂他们荒唐呢，还是笑他们离谱呢？生死是人生的两端，没有例外，能用这么平易和调皮的方式来应对，倒也不赖。

不知不觉，从爷爷奶奶、姥爷姥姥开始，我们走过了万水千山。终于知道，"高丽"，原是山高水丽；"朝鲜"，是朝日鲜明。意象美好而上进。故乡不只是外部，更是内部；"高丽"和"朝鲜"的寓意也同样安放在我们内心的山水和日月上——

朝阳明丽，岁月美好。

蛇

年少时，我和伙伴们消磨课余时间的主要内容之一，是到林地、草坡、森林里面玩儿，很多东西可以成为进山的目的，春天的山野菜、夏天的野花、早秋的蘑菇、晚秋的坚果和野果，就连冬天我们也不放过，有时候会上山采来杜鹃花枯瘦的干枝，拿回家养在水罐里，看它们先是枝条变软，进而爆出嫩叶，最后开出淡粉色的花朵。进山其实不需要有什么目的，不同季节有不同的吸引力，代价是每次去这些地方，都要走很长的路，长到几乎没有尽头似的，路绕着山，左一弯、右一弯，语文课本里有个形容这种路的词，叫"蜿蜒"。

长大以后回想起来：不就是到山里玩儿吗？其实近处也有山啊，但为什么少年时候总是选择去路途很远的那些山呢？那些山没有一座能记住名字的，每次去的也未必是同一个，我们好像习惯了要走很远的路，如果路不够远，山就平凡无奇了似的；只有那些山外的山，走过好几座山最终被我们选择的群山中的某一座——不只有成片的树林、林中幽暗的光影、能把脚踝没掉的草丛、空气中流荡的植物的清芬，远离尘嚣、阒无人际，还必须有足够远的距离，与世隔绝的氛围，才能安放少年们对诡异、危险、仙魔的幻想——成为我们的目的地。

　　遥远的路途，路途中最容易被遗忘的就是遥远。因为有太多的话题，不断地转换着思路，不断地更新着注意力，就像路边偶尔蹿出来的一蓬野花，没人采，但颜色鲜妍、烂漫、天真；或者某棵挂满青色野果的果树，我们驻足会估算一下，尚需多少时日果实将会长大，里面盛满又酸又甜的汁水，而到了那一天，我们还会记住这同样的道路同样的山坡，找到这棵树；我们会聊男生间的战争，谁的拳头更硬，谁的手段更狠；女生间的小别扭，谁说了谁的闲话，谁冷落了谁；还有东家的长、李家的短……话题不断地转换，最终，总会有人，有事情，有某个细节，把话题转向那个让我们所有人都精神紧张，心脏抽紧，手心出汗，皮肤上泛起细小疙瘩的方面。那个话题是——

蛇！

有一个人在河边的草丛里睡觉，醒来后发觉衣服里面有冰冰凉，还蠕动着的东西，他掏出来一看，是蛇。

有一个人，在山里挖东西，只挖了几下，发现铁锹前面有一团活物，扭动、缠绕着，仿佛纠缠在某个梦魇里面，待他终于醒过来，像把软尺抖落开来——蛇。

有个同学的爸爸，喜欢喝酒，在山里抓到一条蛇，随手摁进了一个泡酒的大罐子里。酒一边喝一边添，差不多过了快一年，罐子里的酒没那么多了，有一天他倒酒，从罐口里蹿出来的不是酒，而是蛇。

一个同学的姐姐，在山中看见两条蛇扭成了一根麻花儿，爱得痴缠，身下的草丛发出唰唰的声响，蛇头带动一截蛇身偶尔会从草丛深处突地挺身而起，蛇眼幽暗地那么一闪。回家以后她就病了，呓语、盗汗、高烧不退，医院大夫、民间偏方都治不好她的病，父母无奈，带她去看仙医。仙医神通，说她看见了不应该看的东西，非礼勿视。

父母像侦探一样循循诱导，在她生病之前的几天究竟看到了什么，那两条蛇在她的回忆中蹿了出来。

那个女孩子哭出了声：我看见了它们，它们也看见我了！

仙医冲她父母点点头：就是这个。

所有的事情都活灵活现的，只要跟蛇有关。蛇能让很多东西动起来，让平静的心跳荡起来，让树林、草坡变得叵测诡谲。山路"蜿蜒"，"蜿蜒"的山路也变成了巨蛇，我们走在它的背上，谁知道山路会不会突然移动、蹿起来？从没有什么能让我们的恐惧如此新鲜、具体、欲罢不能；哪怕是那些早就听过的故事，每讲一次，都能唤起和第一次一样的恐惧，越恐惧越要说，越说越恐惧。

"别再说了，别再说了！"总有人在大家谈兴正浓时，惶恐地打断话头，"蛇蛇蛇的，说曹操，曹操到，到时候看你们怎么办。"

还真的遇上了。

是在树林里。野草没到膝盖处，繁盛、青葱，如一潭碧水；树影在草丛上面形成一块块不规则的墨绿色，涉草前行时，会发出沙沙沙的声响，让人意外的是，停下来时，仍旧能听到沙沙沙的声响，只是更微弱、更细密、更均匀，一个不小心，就会忽略掉。我低头一看，一条蛇正从我抬起的那只脚下通过，很快，但并不慌张，像光一样闪进了草丛深处。我的脚就那么抬着，全身的血都凝固在那只脚上，把那只脚变成了水泥浇筑的，不知道过了几分钟还是几万年，那只脚终于又能动了，又能放到地面了，我拼了命地跑，没有方向地跑，脑子里的念头像被细鞭甩起来的空竹，飞速旋转：

蛇不是冷血动物吗？

蛇的皮肤不是又滑又薄吗？

往有阳光的地方跑！

往有砂石的地方跑！

阳光会让它们不安，砂石的尖利会割破它们的皮。

还有一次，是秋天采榛子。齐到胸前的榛树丛中，果实像小巧的编钟，有单个的，有一对对的，还有三个四个五个多个组合的，玲玲珑珑，热热闹闹地挂满枝头。成熟的叶片带上了锈色，包裹果实的胎衣像娇俏的外套，有的是铁绿色，有的是棕褐色，和金黄色的秋阳相呼应。忽然之间，完全凭着某种直觉，觉出哪儿不太对劲儿，我从榛树丛中退出来，定了定神，屏住了呼吸，眯起眼睛：

一条蛇，拇指粗细，很长，像一根绳子，浅褐色，有花纹，头从侧面看上去是个小巧的三角形。它在密实的榛树之间穿行，由于转弯太多，身体呈现柔软的锯齿状，那一瞬间，恐惧冰冻了我的思绪和想象力。蛇的曼妙优雅，是多年以后我在回忆中慢慢体味出来的。野雏菊盛开的山野，果实散发出香气，那是它的地盘。慵懒而抒情的秋日午后，在即将迎来的漫长冬眠之前，它出来转转，散散步，它的身体画着波浪，仿佛在描绘心情。

曾经，我有一个叫英木的表哥。他喜欢武术、钓鱼，还有画水粉画。我初中一年级的寒假，他来我们家里玩儿，在学校操场上给他同龄的男孩子们表演了一套九节鞭，那是《少林寺》尚未在全国公映的时候，他的那套鞭法跟后来的武侠电影和武侠小说还拉扯不上什么关系，但飞扬、舞动的九节鞭，虎虎生风的气势，足以震撼同年龄的男孩子们，让他们眼界大开，心潮澎湃。

这样的表哥，在我的眼里带着光圈儿，他随时都有可能变成英雄，或者成为传奇。

他也有一个蛇的故事：在山中，他曾经跟一条蟒蛇在狭窄的山路上相遇，他们对视了一会儿，然后，他尽可能慢地退让到旁边。

蟒蛇好像读懂了他的想法，继续前行。

"你不害怕？"我问。

"差点儿当场吓死！全身冰凉！如果我是女人，长着长头发，头发肯定会像扫把那样立起来。"

"你不是会武功吗，干吗不抓住它？"

"武功可对付不了蛇。"

虽然他对付不了蛇，可他跟一条蟒蛇相遇，还擦身而过，这难道不是传奇吗？他没吓死，也没被蟒蛇吞掉，这难道不是英雄吗？

升初中前的那个暑假我去大姨家，跟英木表哥待了半个多月。他带我去河里钓鱼，头上扣着草帽，裤腿挽在大腿根儿，站在河中央，河水清浅，像一匹淡青色的绸缎洋洋洒洒，英木表哥拿着钓竿，渔线在阳光中甩出银光闪闪的弧线。鱼饵是他随手抓的苍蝇，出门前，他在靠近菜园的房间里，手在空气中抓来抓去，一会儿就把一个小瓶子快装满了。

许多年后，我看布拉德·皮特主演的《大河恋》，影片里有很多特写镜头：河流、水波、鱼钩、渔线、河面上的阳光、甩出鱼钩时他微微弯腰的动作——沉睡已久的记忆活转了过来，我自己变成了那条咬钩的鱼，活蹦乱跳地挣扎，被一根线从往事里挑甩、拉拽出来，只有我知道，深入在皮肉间，流着血的，滴着水的，那种痛。

英木18岁那年冬天——也就是我们共同度过暑假的那年，死于一场车祸。死讯传来之前的几天，我梦见过他。我的房间不知怎么回事居然是在山洞里面，家具也摆在山洞里面，门关着，门外有一条蛇，它要进入我的房间。我被吓得魂飞魄散，但无处可逃。英木表哥不知怎么来到了我的门外，他跟蛇似乎交流得很好，相处融洽，蛇就像个朋友似的离开了，我的危险解除了。我相信，即使不是促膝谈心，他也能降得住那条蛇。他可是我的英木表哥啊。我不只安心，还开心起来，觉得住在山洞也挺不错的。我们聊了会儿天，我边聊天边打量着山洞，屋顶是巨大的山石，无数朵硕大的白蘑菇花朵般在我的房间角落里盛开。

我坚持认为，那个梦是英木在离开人世前，灵魂来跟我做的告别。

我不知道应该如何定义梦里的那条蛇：是跟英木表哥在山中擦身而过的蛇吗？因为我太在乎那个事情它呈现在我的梦里？抑或是，蛇代表着某种暗示和提醒？代表即将来临的死亡？带走了英木表哥，它是怎么带走他的？吃了他的灵魂，还是跟他携手飞升天堂？

上大学时，表姐问我能不能买到白蛇。

第一个反应是不可思议："蛇有白色的吗?"

"当然了，"她说，"《白蛇传》啊。"

可不是嘛，《白蛇传》啊！修炼了一千八百年的白蛇变成了蛇精，幻化成人形，变成美女在西湖游玩，不好好看风景，却看上了一个男人。男人的名字有意思：许仙。这是个动宾词，名字有动作性。《白蛇传》这个故事还有个前传，知道的人不多：许仙小时候在街边游玩，正巧吕洞宾微服混在民间，在街边卖果子，度有缘人。许仙调皮，奔跑嬉闹时踢翻了吕洞宾的篮子，果子散得四处都是，其中一个被甩进了湖里，刚巧被一条白蛇吞掉。这条蛇因为吞服了这个果子，功力大进。十几年后，男孩子长成男子，白蛇化身成美人，他们在西湖上邂逅，白素贞对许仙一见钟情，想方设法引起许仙的注意，两个人相爱并结婚。婚后许仙受法海和尚的指点，端午节那天逼白素贞喝了雄黄酒，让白素贞现出了蛇身——

人蛇相恋相杀，一波三折，堪称中国民间故事中的神作。

"可那是传说啊。"

表姐说，《白蛇传》是传说没错，但传说也是来源于生活啊。再说了，没让你找蛇仙，让你找的是普通白蛇。不是她想要，而是韩国一个生病的亲戚，想要白蛇救命。

　　我不知道白蛇怎么能救这个亲戚的命，韩国人也像中国人一样迷恋偏方？话说回来，《白蛇传》里的白蛇嫁给许仙之后，夫妻俩开药铺，倒是救了很多人。

　　寒假回家，高中同学聚会，我顺口问同学："你们见过白蛇吗？"

　　有个女生说她自己家里就有一条，不过不是纯白，是灰白，有花纹。也是别人送的，在一个大玻璃罐子里泡酒呢。

　　话说完就过去了。没想到，春节过后，她连罐子带酒把那条蛇给我捎到学校里来了。表姐当时在韩国，我几乎可以肯定她早就放弃了买到或者找到一条白蛇的想法。这条蛇的颜色确实不怎么样，准确地说，不是白色，是灰白色的蛇，盘在一棵很大的灵芝上面，我很担心这条蛇会像以前听过的故事那样，突然睁开眼睛，顶开盖子，从罐子里面钻出来。我让人用胶带把罐口反复封好，再用旧围巾把罐子密密实实地包好，最后装进一个纸箱子里面，放在床下面。虽然做足了保险，我的心还是悬着的，自从它

34

进了宿舍，我的睡眠从未踏实过。

表姐迟迟未归。我确定她早就忘了这事儿，另外，那个需要白蛇的韩国亲戚可能现在也不需要白蛇了。更何况，这条蛇也远远称不上是白蛇。

那段时间我逢人就问："你要蛇吗？一条灰白色的蛇，泡在酒里。你知道吗？蛇酒是很补的。"

被拒绝了几十次，终于碰上一个胆子大的，愿意把这条蛇带走。

来取蛇的那天，几个朋友一起吃饭，有人讲起他们家乡的事，说两个饥饿的男人在山里打死了一条蛇，蛇很粗，很大。他们当时饿了，在山上拾柴架火，把蛇烤熟了吃。烤蛇的味道随山风传出去老远老远。他们正吃得津津有味时，发现不知道什么时候，几十条、上百条，成千上万条蛇，无声无息地包围了他们。

两个人吓呆了。他们干了什么？打死了蛇王？还烤熟吃了它！眼前这些蛇是怎么来的？蛇的嗅觉很发达吗？

但它们就是来了，布下了蛇阵，布下了天罗地网，即使在黑暗中，他们也能感知到那些愤怒的眼睛在盯着他们，蛇芯子在咻咻地往外吐着——烤蛇的气息不再香气扑鼻了，变成了重重杀机。他们唯一能保命的，是不让那堆烤蛇的火熄灭。他们不停地往火里添柴，背靠背拿着烧火棍跟四面的蛇对峙着，直到天黑下来，火光引来了寻找他们的村人。

这两个人没有死，但吓坏了，一个神经出了毛病，一个变成了酒鬼。从此后，任何形态上跟蛇有相似之处的物体，都变成了他们的噩梦。

"一朝被蛇咬，十年怕井绳。"有人笑着说，"这个故事倒过来了。"

有人想起件"被蛇咬"的故事，是从晚报新闻上看到的。

有个广东餐馆的厨师，做蛇餐时，抓出条活蛇，一刀剁掉了蛇头，扔进垃圾桶里去。待他料理完那条蛇，经过垃圾桶时，蛇头忽然一跃而起，咬住了厨师的喉咙——

惊骇和难以置信，哪个是厨师此生最后的感觉？

他要了它的命，它也要了他的。

1996 年我去长白山。一个林场场长接待我们，带我们去原始森林里转转。这些地方，一般游客是到达不了的，森林无边无际，松树像根根箭镞，蓄足了力量，要射向天空。穿行林中，枝叶密布，光是从树叶上一片片抖落下来的，斑斑驳驳落在地上，我们的脚下，是几百年的腐殖土和柔软的枯干松针，每一步都像踩在海绵上面，死去的树横在树林里，枝干上长满了绿苔，还有一些树是站着死的，没有树叶，树枝灰褐色，枯瘦萧寒地立着，像落寞的隐者或者侠客。

林场场长给我们当向导，带我们走安全的路线。森林里面什么都有，熊、狐狸、野鹿、东北虎。林场场长说，老虎还真是山中之王，有虎出现的山，气场立刻变得不同，满山的动物会惊慌失措地奔走逃离，待一切都安静下来，某种气息笼罩了整座大山。我们开玩笑说，这就是传说中的"震慑"吧？

大家聊天聊得高兴，说话也变得随意了，场长见我的脸上因为过敏长了痘痘，很好心地对我说："我帮你弄两条毒蛇吃吃吧，保你十年之内不长痘痘，而且驻颜美容。"

我吓死了，刚才谈到老虎时，还是形而上，还是纸老虎、语老虎，轻松自在。现在说起蛇，眼前的明媚阳光转眼间散发出阴森的气息，某种抵抗力量因为这种提议而严阵以待，我甚至已经感觉到有很多愤怒的蛇突然定格，头转向我们所在的位置。

我连连摆手，说我不怕长痘，宁愿长再多痘，再难看些，也不会吃蛇。蛇是神物，尤其是原始森林里的蛇，个个都是蛇精啊。不要说吃，这么想想都是很大的冒犯。

场长笑了："你怕蛇啊？"

"不是怕，是很怕，非常非常怕。"

场长笑了："你不怕它，它就怕你。"

也许是。但我知道我永远不会丧失对蛇的恐惧。我对蛇就像对鬼神，敬而远之。

有一次在一家餐馆吃饭。我身后有一个很大的玻璃柜子，里面养着几十条蛇。我在椅子上坐得笔直笔直的，一动不动，我一直在估量着那个玻璃柜子的保险系数有多大，而那些蠕动、攀爬或者沉思的蛇，离我如此之近，我几乎可以感觉到它们的慵懒、沮丧或者绝望。坐我对面的人笑着对我说："你和身后的蛇，让人想起伊甸园里的故事。"

"我倒想起了蛇发女妖。"我回答。

在座的人都笑了，我不觉得有什么好笑的。

多年以后读《哈利·波特》，少年哈利·波特在爬虫馆隔着玻璃窗跟蟒蛇说话，身怀绝技的少年，并不知道自己有这么大的本事。但他总能制造混乱和奇迹，因为他，玻璃窗神奇地消失了，蟒蛇爬出来，对哈利·波特说它想回到巴西——它自己的老家。蟒蛇后事如何我们不得而知，但哈利·波特在那之后不久即获知他不是普通人，他是个巫师。

大学时我读的是艺术学院，我们学院没有巫师，但从来不乏古灵精怪、故弄玄虚、标新立异的人物。有个女同学从来不读流行读物，她的案头读物是《广群芳谱》或者考古学杂志，以及其他艰深、晦涩的读物。有一次我们聊天，那天心情闲适，气氛放松，话题不自觉地就走偏，深奥玄幻起来了。她很认真地告诉我，她的前世是一条蛇；还说，平时，她的身体总是凉冰冰的，后背皮肤上依稀有蛇皮一样的花纹，她甚至不介意脱掉衣服给我看一看。

不知道为什么，我相信她的话。我不需要验明她的"正身"。她说她经常和家里的小动物讲话，当时她家里有只小乌龟，郁郁寡欢，她问小乌龟，这样不快乐，你为什么不自杀？

她跟我讲她自己前世是蛇的那天夜里，我做了一个梦：我走在田野里，隔着十几米的距离，一条白底红花的

39

蛇跟我并行，我们走过一块又一块的玉米田，玉米有一人多高，刚刚开始抽穗，亭亭玉立，长袖善舞。那是我第一次面对蛇而不感到恐惧，哪怕是在梦里。可能因为在心理上，我先认定了那是朋友，不会伤害我的缘故吧。

我由此觉得我是能克服对蛇的恐惧的。不就是蛇吗？图片、影像，随处可见。它们并不比其他的动物更凶残生猛。很多时候，它们游走在草丛、湖边，散步似的，或者盘踞在树枝上，寂寞着，思考着。虽然在需要的时候，它们可以像闪电一样快，但习性上，它们散淡、从容、颇具智者之风。整个漫长的冬天，它们把自己囚禁在睡眠中，沉默、思考，既魔幻又现实。

写小说《春香》的时候，我创造了一条蛇，风流倜傥的翰林按察副使大人在谷场邂逅药师女儿，尾随她进入树林，他们见到了一条蛇，茶杯口粗细，盘在一株桃树上面，那株桃树枝干一半生着翠绿的枝叶，一半被雷电劈得已经枯死了。蛇身上密布着纵横交错的线条，五颜六色，盘成鲜艳的蒲团。蛇头从蒲团上高挑出来，蛇颈上有块红色，形状酷似两朵并蒂的花，像个特殊的领结。翰林按察副使大人看着蛇，蛇也看着他，时间变得和心跳声一样点点滴滴。过了有一盏茶的工夫，蛇如彩练，凌空抖开，在树梢上盘绕了一会儿飞掠而去。树叶哗啦哗啦地吵了一阵子，又复归于平静。

蛇并未真正离去，那天开始，翰林按察副使大人夜不能寐。一闭上眼，彩蛇便拿出种种妖娆姿态缠上他的身。他为了治病去找药师，再次遇到药师女儿。他们相爱了，他为她盖华屋置美服，包裹、密藏她的美貌和温柔，怎奈好花不常开，翰林按察副使大人迫于高官岳父的压力，必须返回汉城府。药师女儿苦留不住，只得放手。走到南原府边界的时候，翰林按察副使大人下车小解，在枫树树枝间看见一只白色的蜘蛛，它的身体有拇指指甲大小，有条不紊地织着一张银色的蛛网。突然，桃林曾见过的那条彩蛇出现了，它从空中盘旋而来，蛇头从刚织好的蜘蛛网中心穿过，蛇芯子带着诡笑朝他的喉咙处刺了过来。

情人的爱情和软弱无法把翰林按察副使大人留在南原府，但死亡做到了。

去年在断臂山旅行，有天下午去漂流，我们在小休息厅里等待小船和救护人员就位时，卖纪念品的柜台上面摆放着当地野生动植物的图片册，大家闲着没事儿乱翻翻，韩国诗人容美突然惊叫了一声，死死抓住我的手，然后跑到窗子边儿上在沙发上坐下。

我看了看图片，是一条蛇，灰黑色，在当地很常见。

容美的激烈反应让其他人乐不可支。

我过去坐在容美身边，笑笑。

容美本来就白的粉底上，显出一种惊恐的灰白，她抚着胸口，以她所能呈现出的最严肃的语气告诉我：她非常非常非常怕蛇。

我说很多人都怕，包括我。

我替她把那些资料拿到别的地方，塞在报纸下面。容美用口型对我说：谢谢！

晚上回到旅馆，喝餐前开胃酒时，很帅很潇洒的旅馆老板听说了我们白天的事情，颇不以为意，他说，蛇有什么可怕的？怎么还会有人怕蛇？他自己很喜欢蛇，还养了一条蛇当宠物。

容美当即警告：停！不要再谈这个话题了！

老板是自然主义者，不相信容美的警告是认真的，他回到房间里面把蛇拿了出来，缠在脖子上，冲我们挤了下眼睛：怎么样？我的领带很不错吧?!

我当时坐在酒吧角落的沙发上跟人聊天，容美四肢很夸张地挥舞着，像个溺水的人朝我扑过来，她的表情也像溺水，尖叫声噎在嗓子眼儿里，好像随时会要了她的命。

我不知道发生了什么，我起身抱住了她，朝吧台那边看，大家的脸孔都朝向我们，瞠目结舌，一时没人说话。

我后来才发现老板颈项间有东西在动，那条蛇是黄色的，或者说，花纹是黄色的，很鲜艳，不长也不粗，盘踞在老板的脖子上。

容美把我抱得死死的，她抖得很厉害，脸色苍白，愤怒异常。

大家这回相信她是真的怕了。

老板走过来——当然是没带着那条蛇——在容美面前单膝跪地，把牛仔帽摘下来，他请她原谅，他说他错了，他没想到会这样。

"我跟你讲过了！我提醒过你！"容美尖叫着说。

我拍了拍容美，希望她息事宁人。人家都跪下了，足见诚意。

"不！"容美不肯，"我不能原谅你。"她对老板坚决地说。

晚餐我们在餐厅吃饭，这家旅馆以美食在当地同类旅馆中胜出，菜品丰盛又美味，上完主菜后，老板再次来到我们身边，再次在容美面前单膝跪地，他说他为自己的所作所为追悔莫及。

这次，容美原谅了他。

晚上回到房间，我问容美："你怎么会怕到这个程度？是有过什么恐怖经历吗？"

"不要提那个词，也不要提——"容美用手在空气中画了一个"S"形，"什么都别提。"

好吧，不提。让蛇成谜吧。蛇反正经常成谜的。

今年在彭水，在阿依河上坐游船，听原生态山歌。阿依河水翠如翡，绿如蓝。男人在船头划桨，个头儿不高，相貌平凡，让他唱他就唱，吃饭喝水般，再自然不过。他的歌声透亮，真纯，凤凰似的从他口中展翅飞出，他的脸即刻镀上了层釉质，表情生动起来；跟他对唱的女孩子站在船尾，皮肤有些黑，并不漂亮，但声音真好，水润润的，高亢婉转。他们你一句我一句，仿佛有条看不见的丝带拉扯在他们中间，欲拒还迎，情趣天成。

河岸两边的悬崖峭壁从河水中拔出来，直耸上去，崖坡上面竹林茂盛，起初从地皮下面绿箭似的蹿出芽尖，渐渐风摆杨柳，风情无限，到后来，枝干不负其重，缓缓地倒栽下来，不是一棵两棵，而是千万亿万棵，整片竹林都这么弯下了身，仿佛向什么致敬，又仿佛无奈地放弃。

什么东西从空中翻下来。我听见了声音，也听见了离我们不远不近的另外一条船上，人们的惊叫和感叹。吃午饭的时候，才知道那是条蛇，从很高很高的山坡上摔了下来，擦着船边儿，栽进了河里，没死，一个打挺儿，沿着水皮儿游走了。

有人补充说，是条银环蛇，挺大的。

"如果蛇掉到了船上——"

我以为时隔这么多年，我已经克服了对蛇的恐惧，但瞬间，我就坐到了那条船上，还原到了阿依河上。如果一条蛇刚好落入我们的船上——阿依河的翠绿泛起冷意，河上的白雾挟带着凉气。

当地的朋友说，这里蛇很多，不光金环银环，还有竹叶青以及其他毒蛇。

午餐后我们坐在酒店外面的回廊上，山风清洌，空气芬芳，我的内部世界却被蛇绳索似的捆住了，连喘息都费力。我告诉那个被束缚的自己：

你不怕蛇。你不再怕了。你写过蛇。你还帮别人克服过恐惧。

不怕不怕不怕。

从午餐地点回到大巴，要沿着阿依河河岸走至少四十分钟，然后是漫长的，从河岸登到山顶的九千九百九十九级台阶。风景秀丽，竹林就在身侧，无边无际，风吹在竹林间，竹叶发出细碎的、下雨般的声响。

我希望那是风引起的，只是风。

二十年前，大学毕业，我在街上见到一条蛇。是黄色的，很长，有成年人手腕那么粗，带着花纹。它缠在一个人的手臂上，我的近视让我远远地把那条蛇当成了丝巾之类的东西，直到我经过玩蛇人的身边。

我发出的惊声尖叫，把半条街上行人的目光全都吸引了过来。

"怎么了？怎么了？"人们纷纷发问。

难道他们看不到吗？

一条黄色的、带花纹的蛇，就缠在玩蛇人的手臂上，而他炫耀地举着胳膊，在光天化日之下，在众目睽睽之下。

可人们不看蛇，他们看着我，责怪地问："你尖叫什么?"

"蛇。"我说,"那是条蛇。"

是蛇,蛇怎么了?不就是一条蛇吗?

一个男人在我身边,他抱住了我,在我后背轻轻拍了拍。

他带着我走过那条街。后来,我爱上了他。

离散者聚会

会议的主题是：和平与沟通的平台。

韩国翻译院问我愿不愿意来开这个会，我说愿意。时间很好，5月初，首尔气温适宜，风景美丽。如果日程不是特别满，还可以继续寻找美食小店。以前发掘的几家也很想再去。一个是汤饭馆，石锅里面黄豆芽煮得刚刚好，打进去的荷包蛋煮到七分熟，端上桌的时候汤"咕嘟""咕嘟"沸腾着，热气和香气很难说哪个更浓郁。米饭整碗扣进石锅里，就着泡菜和萝卜块吃，一直到汤饭吃光光，石锅还是热乎乎的。汤饭馆隔壁是家烤肉店，肉倒没什么，亮点在免费提供的几种山野菜上，新鲜、干净，绿色叶片紫红色叶脉，颜与味俱美。弘大附近有家小店卖炸鸡脆，鲜嫩脆爽，研究半天也没搞明白，肉筋筋的鸡脆是怎么料理成这个样子的。有次去北村，回来时，在一个地铁站附近找到家米肠店，肠衣里面装的是猪血、绿豆芽、粉丝、芹菜丁，煮熟后切段，放进牛杂汤里炖，上面铺着切碎的紫苏叶，叶子上面再撒上一把炒熟的苏子，香得能让人打一个激灵；辣鸡爪倒是很多家店都做得不错，跟冰镇啤酒搭配，消夜最佳——相比之下，炸鸡和冰镇啤酒的搭配完全是电视剧的捆绑产物：大家喝的不是啤酒，是剧情的狗血；吃的不是美食，是男女主人公的颜值——配啤酒更好的是用辣酱生拌的螃蟹，味道绝佳，但太寒凉了些；还有很多人点一种类似福建蛤仔煎的东西，几种蛤蜊肉、八爪鱼须，加面粉和鸡蛋，还有一大把整棵的韭菜，一起煎成饼，吃的时候要用剪刀剪开。首尔的夜店，半夜12点人声鼎沸，呼朋唤友，到处都是兴致勃勃的面孔。

　　这次会议订的酒店在光化门附近，市中心，去哪儿都方便。我入住时已经是下午了，晚上没什么事儿，出去在街头乱转，找到一家专门吃鱼的店。店里面挂着大幅的照片：炭黑色的明太鱼一排排挂在木架上，鱼身上覆盖着白雪。好的明太鱼干要在冬天晾，低温、冰雪、昼夜温差能让鱼肉一点点地发生变化，日后拿鱼干下酒时，鱼肉可以像棉絮那样一层层撕下来；晾鱼只能选冬季，其他季节温度太高，或者空气太干燥，肉很快会变僵硬，鱼干变成了棒槌。

这家鱼店里卖十几种鱼，十几种做法，招牌菜是几条明太鱼用整锅辣椒来炖，黑白灰的鱼，鲜艳红火的辣椒，上面撒着翠绿嫩白的香葱末，看着就让人流口水，可惜四人份才起订。我挑了一款单人套餐，三种鱼，煎炸炖，附送米饭、海带汤和八碟小菜，满满当当地摆了一桌子。我很努力地吃光了两碟小菜，老板娘贴心地问我，要不要再加？我连连摆手。

说到沟通，有什么能比美食更适合？酸甜苦辣咸，在舌尖缭绕，冷暖自知，进而深入胃肠，沉潜下来。食物的记忆是身体的，也是精神的；是愉悦，也是惆怅的；既当下，又古老。吃完饭走路回酒店，穿行街道仿佛走在城市的胃肠里面，人并不比一粒米更大。

第二天在酒店吃了早餐，到大堂集合。大堂里面挤满了人，不知道谁跟谁是一伙儿的。我翻了翻会议资料，发现参会的作家分成两部分，一半是韩国作家、诗人、评论家，另外一半是拥有韩裔（朝裔）血统、来自十几个国家的作家和诗人。

我的翻译过来找我，她有详细的日程安排。开会的作家们被召集起来，分乘两辆中巴前往会场。中青老都有，男女各半，不约而同地沉默着，偶尔眼神碰到一起，就点头微笑，转头去打量车窗外的风景。

离酒店不远有个三岔路口，路边摆放着一件雕塑作品：一大把五颜六色的气球放飞在空中，用一把线固定在地上。

路程很长，差不多一个小时才到达会场。

开幕式很简单，翻译院院长是诗人，笑容满面，致辞简洁：欢迎作家们来到首尔。他介绍了这次会议的主旨，是提供一个平台，让来自世界各地的韩裔（朝裔）作家济济一堂，谈论文学和生活，交流创作感受。他相信本次会议将会碰撞出思想的火花，他对接下来的活动抱有很高的期待。最后，当然了，希望每位参会作家在首尔期间心情愉快。

开幕式后有 15 分钟茶歇，大家都过去喝咖啡、吃点心和水果，几种语言同时响起来。在饮品和甜品的催化下，气氛松快了很多，大家被介绍或者自我介绍，从彼此的脸孔上面找到很多熟悉的特征：单眼皮、薄嘴唇、羞涩的笑容、鞠躬问好的姿态。血统这事儿说起来很奇妙,在人的身体里像红珊瑚盘根错节,每个人都是独立的,又都枝蔓交缠,源远流长。

茶歇时间结束后,进入第一组讨论。六个作家坐上讲台。除了国外来的作家,每场都有两到三个韩国作家搭配,讨论会的主持人也是由韩国作家、诗人,或者评论家来担任的。

这一场讨论会给我留下印象的是来自俄罗斯的作家,七十岁上下——作家们的简历中,大多数人都没写年龄,有些人可以猜个七七八八,有些人则是谜——老作家很和善,没有留长发,没有奇装异服,也没有任何虚张声势的东西。像普通人家的老爸,泡杯绿茶喝杯小酒,说话慢条斯理。他介绍自己,祖父辈移民到俄罗斯,他在俄罗斯出生、生活至今,他的画家身份远重于作家身份,他靠卖画为生,也靠卖画来养活自己的文学理想。

朝鲜半岛的人移居俄罗斯,从很早就开始了,就像当年他们到中国东北垦荒一样。起初是十个八个,春去秋回;慢慢就家族搬迁,固定不动;再后来,形成了村落,被俄罗斯人泛称为"高丽人"。人在异乡为异客,俄罗斯幅员辽阔,冬季漫长,生存不易,但一代又一代移民却也扎下根来，他们并没有多喜欢移民身份和生活，但流浪也是一种惯性，处处无家处处家，时间久了，冻土里面也长出了温情。他们的生活圈子分内外，对内维系着传统和文化，生活上彼此照顾；对外与周边环境、人、事交融、渗透。他们这一辈大多数人不会讲韩（朝）语了——他的韩（朝）语是后学的，不是特别流畅，但交流不成问题。他的女儿很早就开始学习韩语，回韩国留学，毕业后嫁给了韩国人。前几年他和妻子在韩国买了房子，每年回来住几个月。他这么做，不是有什么叶落归根的情怀，他喜欢开放的生活，哪种生活让他感觉到自由和舒服，他就选择哪种。

　　他对生活所求不多。画画和写作，都是他最喜欢的。这两项工作在哪里都可以完成。他的写作主要是身边的人和事，并不拘于什么，一切随缘。

　　笔会倒数第二天的晚上，作家们去看俄罗斯作家在首尔举办的小型画展。他绘画的题材很常见：树林、道路、花朵、家禽，也有欧洲和非洲题材，他的画作颜色艳丽，天真烂漫。他喜欢画树，要么枝条稀疏，要么呈现絮状，还有的树树冠被他画成蒲公英式的花球，随时都会被风吹散似的。不管什么树，树根都跟豆芽儿似的，浮于画面之上，而那些鲜艳的颜色，也因此变成了明丽的忧伤。

来自丹麦的女诗人曾经是弃婴，在冬天被遗弃在教堂门口，后来被丹麦的父母收养。她打扮中性，头发也是男生的样式，她作品的主题是关于遗弃和孤儿。

她长着东方人的脸，被带到陌生的国度，谁都能一眼看出她的不一样，进而知道她的经历。她是有父母的孤儿，在成长过程中跟谁都不一样。她的成长是疼痛的、尖锐的、孤独的。她对被遗弃这件事情无法释怀：因为是我，所以被遗弃？还是遗弃凑巧发生在我身上？她的父母发生了什么事情，让他们把婴儿扔掉？他们会想念那个弃婴吗？还是在遗弃的同时就选择彻底忘记她？

她直言，回到首尔的心情是复杂的，各种复杂。

午餐为我们准备了林延寿鱼套餐。

林延寿是个人名，生活在几百年前，热爱垂钓，钓技高超，出神入化，尤其擅长钓一种海鱼——就是现在被煎好后，摆在盘子里的这种鱼——他一个人钓的鱼，比其他人加起来还要多，久而久之，大家在谈论这种鱼时，就以他的名字命名。

他是鱼的克星，是鱼的劫数，他的名字居然被用来为这种鱼命名。

林延寿鱼通常用大粒海盐先腌成咸鱼，吃的时候洗干净，整条鱼劈成两片，文火慢煎，鱼脂鱼油慢慢渗出，给煎成金黄色的鱼上了层釉彩。米饭是用一人份小石锅焖熟的，旁边配着几个小碟子，是撒了芝麻的凉拌青菜、泡菜，以及鲍鱼。

院长坐在我对面，怕我不会吃，示意我跟着他有样儿学样儿。

米饭用凉矿泉水泡了，用勺子捞着吃，这样的米粒更有嚼劲，配鱼吃非但没有腥味儿，反而强调了鱼肉的咸香。米饭盛出来后，要把一杯大麦茶倒进空的热石锅里，盖上盖子，米饭吃完的时候，石锅里的锅巴也泡软成了锅巴粥，锅巴粥不只养胃，也能让人把剩下的鱼吃完。

林延寿鱼中国也有卖的，买这种鱼的大多是朝鲜族人，所以多是在朝鲜族人聚居区的市场里卖。我妈妈对这种鱼情有独钟，每个人都有几样饮食，会通过舌尖深入到灵魂，跟亲情、离绪、乡愁联系在一起。我去延吉开会的时候，会专门跑趟农贸市场，替她买一箱回去。她转手就把这些鱼分给大家，独乐乐，不如众乐乐，怀旧也要多人一起才有意思。

午餐结束时，盘子里的鱼变成了另外一副样子：孤零零的鱼头，眼睛还瞪着，身体却只剩下了一根刺，像是一场行为艺术。失去了肉身的鱼，变得狼藉，也变得狞厉，这时候再想起林延寿鱼这个名字，意味就完全不同了。林延寿抓了数不清的鱼，但更多的，多出几千倍、几万倍、几亿倍的鱼被蚕食的时候，林延寿的名字也被一次次凌迟。如此说来，名字因为鱼得以流传，竟成了报应。

下午的研讨会，最引人注目的是日本女作家朴实和来自美国的非虚构男作家以马内利。朴实很年轻，30岁左右，扎着两根染成大红色的辫子，一身潮服，像是刚从东京涩谷、首尔江南夜店里晃悠出来。以马内利白衬衫配西装，皮鞋锃亮，头发一丝不乱，像商业精英。

朴实讲述她的成长史。在日本，她个头儿偏高颜值也偏高，女孩子引人注目并由此遭遇各种美好，那是偶像剧；在生活中，美丽出挑，吸引眼球，对少女而言是件危险的事情。她初中的时候被老师性侵。有很长一段时间，她每天下午被老师带回家里，被绑在椅子上，强迫她做各种事情，同时还伴以各种恐吓：如果你说出来，你会如何如何。她担惊受怕，天天做噩梦，无助至极。朴实讲着讲着，声音哽住了，泣不成声——以马内利递纸巾给她，拍了拍她的后背，坐在她另外一侧的女作家接过来她的发言稿，替她读了下去。

朴实恢复了两分钟，女作家把发言稿递还给她，她接着发言。少女时代遭遇的事情，让她身心俱损，了无生趣。她开始逃课，与家人和学校对抗，和最好的朋友一起吸毒，变成了问题少女。她知道自己在沉沦、堕落，也知道这种沉沦、堕落的结果是什么。但那又怎样？或者说，她又能怎么样？很偶然的机会，她去参加了一个创意写作班，她随意写出来的东西被老师大为推崇，夸她有写作天赋。老师的反应让朴实吃惊不小，这是第一次，她被人如此正面地对待和评价。她受到了鼓励，写了几篇小说，她的小说给她带来了更多的读者和赞扬，还得了新人奖。她意识到，生活并不全是黑暗的，乌云也镶着金边，她应该换一种生活方式。她去美国，学英文，也学写作，这期间，跟她一起吸毒、堕落，同时又相伴相依的好友自杀了。好友的死亡重创了她。她责怪自己的离开，质疑自己还能不能摆脱掉从前的阴影，她又变回那个孤独、无助的小女孩了，她也想自杀。如果没有写作，她早就不在人世了，写作对于她，是一种救赎方式。

我们都为她鼓掌。这么年轻，这么勇敢。她的写作是用生命写作。少女时期的黑暗，被践踏过、伤害过的青春，送入文学的熔炉里，炼出绝世丹药也未可知。

以马内利在华盛顿长大。他的个人简介罗列了他关注的写作方向和他出版的作品，丝毫不提及个人经历。我们不知道他是怎么到美国的。弃婴还是移民？他是非虚构作家，对朝鲜的一切他都有兴趣。他费了很多周折，努力了很长时间，终于去了朝鲜。他以记者的身份在那里待了几个月，被带到一些地方，采访一些允许他采访的人。国际社会对朝鲜有种种传言，实际上，就他的所见所闻而言，朝鲜没有外界说的那么妖魔化。物质生活是很贫乏，但也没有传说中的那么夸张。他在那里的几个月，他自认为是"深入生活"的，交了几个朋友，对很多问题——敏感的以及不那么敏感的——都有充分的交流。朝鲜很容易被各种想象涂抹，因为他们不透明。

在他的讲述过程中，有人微笑，有人摇头，有人不置可否。

在韩国讨论朝鲜，或者在朝鲜讨论韩国，都容易越谈越乱。以马内利的身份加剧了这种混乱。他这个有韩

（朝）血统的美国公民，在朝鲜人眼里，未尝不是怪力乱神。他带着新奇的眼光去看朝鲜，朝鲜也同样审视着他。他对朝鲜的一切津津乐道，韩国人回以微妙的笑容："你在桥上看风景，看风景的人在桥上看你。"

身处同一个半岛的朝鲜和韩国，就像被战争撕裂的藕，断了骨头连着筋，这边发烧那边吃药。但他们同时又是对峙的，剑拔弩张，国家与国家间你死我活，民众间血脉相连，恨和痛都激烈。随着时间的流逝，两三代人更迭，两个国家彼此的看法和态度也在发生变化，新世纪出生的年轻人，对历史和血统冷漠了很多，对半岛是不是分久必合也持保留姿态，他们更在乎自己跟发达国家之间的关系。

李沧东也参加了这次活动，以作家的身份。他们那一组上台时，他坐在最靠边的位置，仍旧是最抢镜的。

李沧东年轻时当过中学国文老师，功成名就后出任国家文化观光部长官，几年后又辞掉，专心当导演。他早期靠写作崭露头角，因为编剧进入电影界。20多年前，韩国兴起一波儿"作家电影"，好几个作家都改行当了导演，并且成绩斐然。作家导演的电影通常比较细腻、文艺，比起"观看"，更像"阅读"——李沧东算是其中的翘楚——但同时也沉闷、缓慢。文艺片一直孤芳自赏，韩国的文艺片可以加上"尤其"两字。

李沧东的电影被认可度很高，一方面很文艺腔，另一方面，也不缺少冲突和戏剧性。10年前，《密阳》大火了一阵子，那个电影，故事有明显的漏洞，但也有来自内心深处或者说灵魂的碰撞，人物之间有很多硬对硬的磕碰。女主角的扮演者全度妍，演技大放华彩，像她的名字"度妍"一样，把这个电影作品变得熠熠生辉。去年，李沧东把村上春树的小说《烧仓房》和福克纳的短篇小说《烧马棚》糅合在一起，拍摄了电影《燃烧》，得了好几个奖。估计只有作家出身的导演，才会烧出这样的脑洞，把村上春树和福克纳联系在一起。

多年来，他一直以作家自居，"作家"是标签和符号，意味着原创、深刻、独特，还有那么点超凡脱俗，他的电影都是自己编剧，这次他来参加讨论会谈的是电影《燃烧》，他为什么要拍以及拍摄过程中的一些思考。他的存在，让一些听众很兴奋。作为国际知名导演，李沧东来参加这种活动，一是强调自己仍然在文学现场，另外也是对韩国文学的致敬和肯定。

来自瑞典的阿斯特丽德跟我同年同月生，同丹麦的女诗人一样，也是个弃婴，被遗弃在釜山，警察捡到她后把她带回首尔，5个月大的时候被一个瑞典家庭收养。她瘦瘦弱弱的，衣服颜色灰暗，体形上像个未成年人，但她已经有个20岁的儿子了。

她在瑞典身兼数职，作家、编辑、校对、自由职业者、语言教练，做着这么多的工作，她还坚持写作，出版了好几本书。

她的身形让人想叹息，这么瘦小，在童年、少年时代，在瑞典那样的国家，几乎是个现实版的"拇指姑娘"吧！她不会讲韩语。收养她的父母、为了让她多了解韩国，尽可能地让她多接触东方文化，而真正让她有印象的是中国杂技和日本文化。直到她成年，开始写作，参加文学活动，才开始阅读韩国文学作品，看韩国电影，听韩国流行音乐。

她必须了解韩国吗？血缘必须寻根？她的童年、少年该有多少纠结啊。有些事情确实是没办法轻易翻篇儿的，树欲静，风都不止。她的淡眉细目，她的羸小瘦弱，会激起多少异国他乡的所谓关心啊。他们会在派对时一遍遍问起她的来历吧？会提醒她追溯自己的血统和文化吧？鸡汤一勺勺倒进她的碗里，没人问她是不是讨厌鸡汤，没人在乎她需不需要这种关心。很多人的善良是用来表现和表演的。

她其实已经走得很远了，北欧瑞典，丈夫是瑞典人，儿子是混血；但还是走回来了，回到她生命开始的地方，回到她被遗弃的地方，开始了解和学习关于韩国的一切。

中午我们去吃素斋。这还是我第一次在韩国吃素斋。一楼是个商店，卖念珠、香炉、线香等佛教用品；二楼是饭店，顺着过道隔成一个个隔间。我们被分配到不同的隔间里面坐下，服务员穿着僧服，一道一道地上菜，态度平和，简洁地介绍几句菜品：用果酱腌制的圣女果，端上来时很像蜜枣；放了松仁的南瓜粥；四种山野菜凉拌的沙拉；蘑菇、木耳、藕片炒成的合菜，上面撒着芝麻；野生橡子做成了橡子冻，切块拌成的凉菜；添加了大枣、板栗的杂粮饭；野果果汁、黎麦茶。

食材简朴，摆盘却漂亮、精致。每一款食物端上桌的时候都像件艺术品，吃饭这件事变得郑重、端庄，大家下意识地正襟危坐，优雅进餐。

纪录片《主厨的餐桌》里面介绍过一个韩国尼姑静

观师太，是个做素斋的高手。曾经被请到纽约做菜，惊艳了众人，参加那次聚会的一位美国纪录片导演路转粉，追着她的脚步跑来韩国拍她。

静观师太六七岁的时候就模仿妈妈给家人做面条，出手不俗，妈妈夸奖她说，有这样的天分和能力，以后她会过上幸福的生活。她17岁的时候，没有像普通女孩子那样谈恋爱，而是到深山里面的白羊寺当了尼姑。

寺院里的生活原始而又艰苦，凡事都要亲力亲为，17岁的少女静观，每天凌晨3点钟起来做早课诵经，然后忙上一整天，睡眠严重不足。她有一次出门打柴时爬到一棵树上睡着了，睡梦中觉得有什么东西压在身体上，睁眼一看，一条粗大的蛇正从她的脖子边滑过她的身体，她居然没害怕，又睡过去了。她给父亲写信，说自己好困啊，想回家了。她父亲和兄弟姐妹来接她，她却不是真想回家，只是想念家人，想见见他们。因为这个插曲，寺院里后来允许她不做早课，每天多睡几个小时。

静观做菜的天分在寺院里发挥到了极致。《主厨的餐桌》介绍的都是米其林顶级大厨。静观师太是个例外。静观师太的食材都是普通谷蔬，她的菜园和林地交融在一起，种菜相当随意，栽上芽苗后，就把它们交给土地、阳光、雨水，让菜苗自然生长。野猪偶尔会来拱菜园里的菜，虫子就更多，把菜叶咬出许多孔洞，她不以为意，因为：众生平等。她从不认为自己是厨师，对她而言，做菜是一种修行。她的素斋不需要食客的追捧和美食家的鉴定，她的每一道菜都是一道禅，让吃的人心境平和，摈弃杂念。厨师们惯用的生猛海鲜、新鲜红肉，让人在口腹之欲得到极大满足之后，内心火气飞扬，而素斋与之相反，是让人沉静、冥想的手段。

素斋是饮食教育。我们来自五湖四海，滚滚红尘。素斋就像"攘外必先安内"的课堂，一道道菜像一个个哲学话题，严肃深沉，相比之下，那些油炸食品和香气四溢的快餐，倒像娱乐节目，艳丽、喧嚣、空洞、少营养。

静观师太的父亲后来又去寺院看她，住了一段时间，每天跟她们一样吃素斋，有一天抱怨说，每天都吃这样寡淡无味的东西，怎么可以？静观师太给他用香菇烧了一道菜，她父亲吃后，感慨：丝毫不比肉逊色，既然有如此美味，我还有什么不放心的？

第二天他离开寺院时，在院子里给静观师太，也是他自己的女儿鞠了一躬。回家后没多久，他就过世了。那些寺院里的素斋，是父女二人红尘空门之间的对话。静观师太用食物说服了父亲，让他安心离去。

来自巴西的尼克是作家、编剧，以及电影制片人。十几岁的时候跟随父母移民去巴西，在巴西，东方人是少数族裔，韩国人被称为"鲑鱼色"人，由于巴西日本人众多，他常被人当成日本人。在他上学的学校，除了他以外，另外一个韩国人是他姐姐。他们非常孤独，打破这种壁垒的是足球。他的足球踢得很好，经常被同学拉出去一起踢。在踢球的过程中，尼克学会了西班牙语和葡萄牙语。随着语言能力的提升，沟通没有任何障碍，他融入了当地社会。而巴西的历史本来就是移民史，只是大家来自的国家不同、到来的时间有早有晚罢了。巴西近年来的状况让人不安，经济低迷，民粹主义盛行，社会治安差，犯罪率极高，文化艺术变得奢侈而边缘，各族裔之间又开始形成鸿沟。

尼克讲话时，忧国忧民忧局势忧互联网忧全球，刚下场就急不可待地问主办方：明天的晚会我来当 DJ（打碟者）吧，我强烈要求当 DJ！

还有一些有意思的人，话不那么多，性格内向，言行低调：来自夏威夷的韩裔英文教授绅士气十足，谦和有礼；来自日本的舞台剧作家永远是笑眯眯的；来自德国的作家、剧作家兼导演，年纪轻轻的却鲜有笑容；还有一位从法国回归韩国国籍的女作家，也曾经是弃婴，人到中年，患了严重的抑郁症。每个人身上都杂糅着两方面的特质：一是生活经历形成的礼貌和教养，二是内在血统延展出来的眉眼间的相似。

我的发言是关于个体的。我们曾经是同一条河流的石子，这把石子被命运的手抓起来，撒出去。新环境里面的融合并没有那么简单，不停地迁移、流动，寻找安身立命的最佳地点，一代人、两代人、三代人，移民为了契合进新世界新秩序，不得不磨掉了身上的特质和一部分性情，而现在，这个会议像两根手指，把我们从世界各个角落里拈出来，重新聚拢成一把石子。我们彼此好奇、感慨，但同时也清楚：我们回不到那条河流了。

最后一个下午和晚上，是派对时间。地点选在一个小山上，那是一个石刻公园，摆放着各种石雕石刻作品，有古代传承下来的，也有艺术家新近创作的。历史和现实杂糅在一起，既随意又和谐。

派对的地点在公园小博物馆的二楼平台上举行。因为地势的缘故，这个平台跟上山的坡路是平齐的。靠近建筑物的那侧和平台正面，各有两堵大理石墙壁，这两道壁垒加上山势和缓坡，圈出了一块既方正又开阔的平地。这个空间不仅能摆放几十张桌子设自助餐菜品、饮料区，还布置、搭建了一个临时舞台。我们在山上四处欣赏石雕作品时，乐队在调试音响，电吉他、架子鼓时不时轰隆隆地响上一阵。

派对从傍晚时分开始，天色正在由明转暗，灯光逐渐亮起来。之前我们已经被提醒室外派对气温会比较低，朴实、以马内利还有德国作家，好几个人直接把酒店的浴衣套在外衣外面。在天色变得昏暗的时候，他们几个像北极熊出没，引得大家笑起来。尼克如愿以偿被允许在演出结束后充任 DJ。

菜品、酒、饮料准备得非常丰盛，除了韩国的烤牛肉、烤海鲜、炒五花菜，还准备了十几种西式菜品，无论来自哪个国家，都不难从中找到一两种自己喜欢的菜式。几天来我们一直在吃"韩式"餐饮，饮食是另外一条回故乡的道路，比创作更直截了当，更深入肺腑。派对菜式的多样性，让大家瞬间找回自己的日常慰藉，选择自己胃肠最熟悉的那些。但这也是我们本次会议最没特色的一次聚餐。兼顾大局，可能都要以消灭个性为代价吧。饮料倒很韩式，韩式烧酒里面兑上啤酒，用力地在桌面上一磕，在啤酒沫涌出时，一口喝光。

餐饮的同时，演出就开始了，一个摇滚乐团先开场，女歌手弹着吉他唱了几首歌。气温在不断下降，两个刚上场的美女穿着吊带红裙，跳探戈舞，身材曼妙，动作撩人，热情火辣，但裸露的肌肤在这样寒冷的夜晚，唤醒的却不是性感而是担忧：别感冒了啊。节目表演的间隙，有几个人上去朗读自己的诗歌。丹麦女诗人读的还是那首关于遗弃和收养的长诗。这几天她好像没换过衣服，维持着中性的、特立独行的风格。

气温越来越低，主办方不知道从哪里弄来了几十件羽绒服，给大家分发下来。年纪大的人先穿上了，然后是女人。

阿斯特丽德也上去朗诵诗歌，可能是身材纤弱、女性气质更突出的缘故吧，她仅仅是站在舞台上面，一股悲伤的气息便已传来。人群中有人发出惊叹声，一些人扭过脸去，我们都跟着转过头：不知道什么时候，侧面的那道大理石墙壁上面，一个舞者全身上下被一层贴身红布裹挟着，在墙上慢慢地、一边做着各种动作一边往前走，这个

68

红色人体——活着的、不断变形的、现代雕塑作品——既是精神化的体现，又像幽灵。阿斯特丽德的诗很长，但这位舞者的路更长，这个红色的、血色的人，在高处，在窄处，在幽暗处，一步步前行，像蒙着红布的不同塑像。我们看不到他的面目，却因此更能清晰地感觉到他的生命律动和复杂情感。阿斯特丽德的朗诵结束了，舞者从高高的石墙上下来，但舞蹈并未结束，他扯掉了红色的布，露出赤裸的、涂成白色石膏般的身体，不知道是不是被红布沾染的缘故，他身体上有一块块黄色的印迹，就像陈年的被磨损的石膏像。舞者的脸也被涂白了，在我们捂着羽绒服瑟瑟发抖的时候，他拿起一个花园浇水的水龙头，水柱从头到脚地浇下来。在舞蹈的最后，他从花圃里摘下一朵红色的玫瑰，走过去递给一直站在舞台上的阿斯特丽德。她接过花，他们拥抱在一起——

艺术家们不发一言，一个舞蹈就把这次会议的灵魂剖出来放在大家面前。三天前刚来首尔的时候，会议还像冰山，露出来的那一角，宛若明媚的水晶。作家、诗人客气而疏远，随着写作和个人经历的剖白，冰山不断融化，这个沟通与交流的平台，像个大海绵吸了太多太多的水分，变得越来越沉重。

这一次离散者聚会，每个人都坦露了一些伤和痛，有相似的，也有不同。血之源头，是生命的起源，但并非每个人的家园，哪怕冠以"心灵"或者"精神"字样，也不可能。命运就是命运，不争论，不废话，剥茧抽丝以及其他种种，那是每个人自己的事情。

临别将至，每个人的表情都是平和的，回酒店时，街边那把气球仍在，它们被线固定在地上，想要飞却注定飞不起来。作家们彼此拥抱、告别，阿斯特丽德和我想象的一样瘦弱，仿佛翅膀合拢的鸟儿，拥抱过后，她问：我们还会再见吗？

我觉得不会。

但我回答：当然会。

易安居

买这套房子是因为离单位近，走路不到 5 分钟。小区和区实验小学门对门，隔着一条 10 米宽的小马路。

"学区房。"卖房子的小岳强调，这是她的推销重点。

我摸了摸肚子，女儿才两个月，在我肚子里还没个橘子大。学校看着一般，我可没打算让我的"小橘子"在这儿上学。

小岳刚 20 岁出头，脸上有芝麻粒儿似的雀斑，非但不难看，还多了清丽可爱。她手里拎着的圆环形木板上面挂着几十把钥匙，走路的时候钥匙和钥匙相撞，发出哗啦哗啦的响声，仿佛她一路打着手鼓。

小区小，但位置很好，绿化比例高，我尤其喜欢这个名字：易安居。是朴朴实实、过日子的意思。小区一共五栋半楼，两横三竖。1号楼是最重要的那个"—"，位于小区中心，也是小区单元最多、楼体最长的楼。另外一个"—"是5号楼，临街边，位置偏南，楼体略微斜了点。两个"—"之间是喷泉、草坪、花园，以及供大妈们跳广场舞和孩子们滑旱冰的游乐区。

1号楼后面，先走九级台阶，然后两边分开，各有十八级台阶，走上去后，迎面2、3、4号三幢楼。从空中看，这五栋楼合体，在一片绿植中间，组成了一个"三"字。2、3、4号楼，每两栋楼中间隔着绿化带，虽然面积只有几百平方米，倒也有凉亭、草坪、各种树，凑得齐齐整整的，几十只麻雀，在树枝间飞飞停停，添了些趣味。

在2号楼的旁边，还有半"—"，这半栋楼只有六层高，楼前的桃树栽得密，长得好，把这半栋楼弄得半遮半掩、神神秘秘的。小岳带我们看房子时，对这半栋楼熟视无睹，仿佛那是当年没有拆迁的钉子楼，或者小区圈围墙时为了整齐圈进来的外楼。在其后的十几年里，这半栋楼里面的房子好像也住得满满的，但始终安安静静，不声不响。小区里面，其他楼都有很多活跃人物，每天要么在凉亭里聚集闲聊，要么遛弯散步，通过他们的口口相传，小区里的各种信息、猜测、传言，广泛流传。但这半栋楼里，好像非但没出现过"活跃群众"，连对流言蜚语感兴趣的倾听者都找不出来，它偏居一隅，对整个小区不闻不问，毫无兴趣，应了那句"躲进小楼成一统，管他冬夏与春秋"；相应地，这半栋楼里住着什么人，发生什么事儿，其他人也不得而知。但也恰恰因为它太沉默，太没存在感，反而让人放心不下，老觉得这半栋楼里住着特别的人，发生着特别的故事。但十几年来，既没有人蒙着白布从里面被抬出来，也没有警车轰鸣齐聚在楼前。春天楼前那排桃树，桃花开成了芬芳的烟火。烟笼雾罩中，也没有闪出让人怦然心动的少女身影。

小岳极力向我们推销 2 号楼，但我们相中的是 3 号楼，3 号楼夹在 1、2、4 号楼中间，是小区里最幽静的一幢；同时也是绿化带的中心，两边都是小花园，端杯咖啡或者茶，东窗前站站，西窗外瞅瞅，赏心悦目。

4 号楼当时只卖了两户。这栋楼是大户型，每户都是复式结构，跟 3 号楼之间是一个小花园，楼的另外一侧是块空地，小岳说这个空地是预留要挖游泳池的。我们当时就觉得很扯，室内游泳池？真有那个心早就建了，何必等到小区竣工，房子卖完，建筑工人都撤掉了再大兴土木盖房子。室外游泳池？大东北一年五个月的冬天，到时候是游水啊还是滑雪？

小岳笑着说，你们不相信我也没办法，主管真是这么说的。

我说这么一片地不如种苹果树，春天有花开，夏天有绿荫，秋天有果实。冬天下了雪，千树万树梨花开，雪停了，还有玉树琼枝。

小岳说，这个主意好，我跟主管汇报一下。

本来想买六楼，我老公站在3号楼3单元601的毛坯房客厅抬头一看，说这个顶有问题，斜了。我和小岳仰头看得下巴都酸了，没看出斜。我老公说，工人水泥抹顶的时候，心里没数儿，多抹了几桶灰。

于是上楼去了701，这次我们仨同时先仰头看顶，灰乎乎的一片，我和小岳看不出所以然来，都扭头看我老公。他说，这个没斜。然后我们才四下走动，再前窗后窗地打量外面景观。

就这套吧。

办手续的时候，小岳对我说，姐，没见过你们这么买房子的。一般客户买房子，都得三番五次地看，犹豫来犹豫去，你们这种看一眼就定房的人，我第一次见。

不是看好了吗，那还三番五次地看啥？买房就像相亲，看上了就不用看了，看不上再三番五次看也没用。

一看姐就是爽快人儿。小岳说。

房子买好后，我送了小岳一大盒巧克力，谢谢她陪我们满小区地转。她有些意外，不好意思地说：我卖房子有提成。

我说我知道，这就是个小礼物。

刚好那几天我牙不好，小岳说，姐，我带你去看牙。

我说不用不用，最不爱去医院。

她笑容诡异，说不用去医院。

小岳带着我去了5号楼，上了三楼，楼道昏暗，开门的是个中年男人。小岳轻车熟路，边让我进门边跟我介绍说，开门的男人是市医院的牙科大夫。

确实是。一进门就发现这套两室一厅不是用来住的，是工作室。客厅放了一个长沙发和茶几，主卧被布置成了诊室，诊床、医用罩灯、推车，各种用具、用品，一应俱全。全是全，但总觉得缺少了些什么。后来我想明白了，这里缺医院里的消毒水味儿，那个味道在医院到处都是，浓厚、滞重、复杂，夏天的时候挟着股凉意，冬天时又暖烘烘的，它附着在每个人的身上，几乎像层膜，出门以后也要过段时间才能让它们消解掉。浓烈的消毒水味儿并不会让人愉快，但让人心安。它的缺席，让这个房间尽管精心布置成了诊室的模样儿，却少了灵魂，变得业余而虚张声势。

小岳跟医生很熟，她先躺上诊床，让医生为她检查前几天刚凿的牙洞。他们一边看牙一边说话，医生手里拿着工具摇了摇，得意地说，单位找不到这个找不到那个，看他们一通乱翻，我心里这个乐啊，那能找着吗？都搬我这儿来了！

小岳嘴里有东西，咕噜咕噜地笑了几声。

我起身说我有事儿，得立刻就走。没等他们说话，我就离开了。外面走廊黑黢黢的，我没坐电梯，走楼梯下去，楼道里有股水泥、石灰以及尘土混合在一起的味道，有点儿呛。最终站在门口草坪上时，我仿佛是从兔子洞里面走出来，嘘了口气。

那个医生，他的长相、眼神、敞怀穿着的白大褂、脸上的笑容，还有他的沾沾自喜、占了便宜卖乖的样子，都有种泥泞和油腻，让我想避而远之。我宁可留着自己的破牙。破牙里面有个洞，显微镜下的兔子洞，各类细菌、蛀虫，上演着惊险、刺激的故事。这么一想，疼痛也是可以忍受的。

再见到小岳，我们都没提看牙的事情。自己的牙洞自己补，就像自己的梦只能自己圆。

小区里我第一个认识的是刘姨。

那会儿房子正在装修，中午工人们在凉亭里吃盒饭，她在小区里遛弯儿，走过来搭话：吃着呢？

工人们看看她，没说话，我冲她笑笑。

她打量一下盒饭内容：有荤有素，搭配得挺科学啊。

我说嗯。

你老公天天在这儿装修，哎呀这小伙子长得太帅了。人也好，什么时候说话儿都是和风细语的，还是大学老师？

我嗯嗯。

你这对象找得好啊。

我嗯嗯嗯嗯。

我住1号楼，她抬臂往前面指了指，回头跟我说，你买这个小区就对了。我和你沈叔以前都是学建工搞建筑的，这个小区别看小，风水上是龙头所在，吉祥如意。

我嗯嗯嗯嗯嗯嗯。

她说完，看看我们几个：好好吃吧，装修累啊，多吃！

她冲我挥挥手，沿着石头甬路走了，不远处，一个瘦但精气神儿十足的男人在等她，估计那就是"我沈叔"了。

搬家的时候我已经怀孕7个月了。搬家前，老公找了小区里的两个保洁员对房间进行了彻底清洁，新买的家具和电器送过来后，又分别做了两次清洁。其中一个清洁工贾姐，做事情麻利，说话也有意思。见我怀孕，她讲起她生孩子的时候，身边的女人们疼得哭爹喊娘，只有她，几乎没什么感觉，自己轻轻松松地上了产床，生完孩子从产床上下来，她还多停留了几分钟，看旁边孕妇生孩子。

"那个女人哇哇哇叫，简直像程咬金。"

我后来问了一下，真有贾姐这样的产妇，分娩时候痛苦很轻微，万分之一都不到的比例。不知道她上辈子做了什么好事儿，让老天如此眷顾。

我和老公都喜欢贾姐，问她愿不愿意来我们家做住家保姆？她说其实她家里生活条件不错，在乡里还有门市铺面，她只是偶尔出来做做，当解闷儿了，一个月以后就要回去照顾家里的生意了。贾姐说她邻居家有个女孩子，一直想来城市生活，要不让她试试？

我们说好啊，那过来看看吧。

女孩子刚20岁出头，除了举止表情有些生怯，衣着打扮跟城市女孩子也没什么太大分别，手指甲留得很长，做了美甲，装饰得十分华丽。虽然生在乡镇，但显然也是娇生惯养长大的。我不认为女孩子留九阴白骨爪的指甲就一定做不好家务，但这样的指甲下面，埋藏着她的幻想和期望，她对城市的想象显然是阔大华丽、光怪陆离的，也许还要加上妙趣横生、起伏跌宕，一个家庭里面的柴米油盐无论怎么化合，也产生不了她想要的城市之光。相对于家庭的狭窄空间，她如果在酒店或者大商场工作，她对城市的失望可能会来得晚一些，她还可以和年纪相仿的伙伴们建立友谊，找到爱情。那样的话，当她对城市无感的时候，至少还会收获些别的东西。

这么娇滴滴的小姑娘来我家，只怕我得做她的保姆。我跟贾姐说。

她笑了笑，也部分认可我的看法，转而推荐了梁姨。梁姨也住在这个小区，是回迁户，她们闲聊时，她说她想当保姆，贾姐觉得我可以和她谈谈。

我们一眼就相中了梁姨。长得好看，穿得齐整，神情里面还有种傲气。第一次来我们家时，她在我们家里走来走去、四下打量，像农民打量着自己的一亩三分地，工人打量着自己的车床。末了，梁姨对我们说，她从来没当过保姆，不知道行不行。我们一迭声地说，你一定行的。

　　梁姨和我们住同一个小区，我们不怕她会把孩子抱跑，跑得了和尚跑不了庙；而且同一个小区，她晚上可以回家住，我们仍旧可以过三人世界，简直太好了。

　　梁姨第二天就开工了。两三天的工夫，我们就熟悉起来。她干家务有表演性或者说仪式感：择菜时，桌子上铺一张报纸，一把韭菜要挑一个小时，每一根菜叶都要从头到脚地梳理一遍；打扫房间时，她拎着抹布的样子像舞蹈演员或者二人转演员似的，抹布仿佛手帕，是炫技的道具，她抬手一转，抹布会在她指头尖儿上旋转成一把伞，扬手一扔，抹布会飞出去，空中打个旋儿，再飞回到她手里。

　　同在一个小区，梁姨朝九晚五来我家上班。她爱干净，头发和身上永远清清爽爽，衣服虽然不是什么贵重的面料，但都合体、好看。她是个生活艺术家和性价比大师，能在任何有限和不利的条件下，负负得正做出最优化的结果。她每天凌晨 4 点起床，是第一拨儿去早市买菜的顾客，那时候摊主们刚刚出摊，货品新鲜量又足。早起的鸟儿有食吃，还可以挑着吃。梁姨每天差不多用最低的价位把家里一天的菜买好，大包小包地走 20 分钟回家。

回家后做一家人的早饭，把老的侍候好，小的送幼儿园，再回头洗洗涮涮。她进我家门后经常是气喘吁吁的，一屁股坐在餐桌边，额头发丝里面渗出小汗，边跟我闲聊几句，边休息一会儿。

她生在农村长在农村，父亲 50 多岁去世时，她已经结婚生子了。她妈妈不愿意拖累儿女，成为负担，改嫁进了城。老爷子是新中国成立前的老兵，工资高，医疗待遇好。这对年纪不小的二婚夫妇过了几年日子，以照顾老爷子为借口，把梁姨一家三口接进了城。梁姨的勤劳能干是显而易见的，老爷子自己的亲骨肉早都自立门户，父亲老了，他们也乐得有人照顾。过年过节回来，两家人一起吃顿饭，相敬如宾，其乐融融。

以前老爷子住平房，一家五口挤挤巴巴的，后来平房拆迁，盖了楼房，他们努力争取到了最大面积，也只有 58 平方米。这时候梁姨的儿子已经结婚，娶了媳妇儿，生了儿子，一家七口人、四世同堂，挤在这58平方米里。最大的房间让给儿子一家三口，老爷子老太太在另外一个房间，梁姨和老公每天晚上在客厅支床睡觉，早晨起来再把床收起来。

房子是梁姨的心头病。一家人进城20年了，虽然儿子儿媳妇有工作，但没房子就等于没根。没有根，心就是慌的，她手里握有的一切都仿佛竹篮里的水，说漏就漏了。乡村回不去，城里留不住，未来就像一片虚空。她和老公拿的都是低保工资，每个月才一千多块钱。儿子儿媳妇每个月交一千块钱生活费，他们一家三口的吃喝，孙子还要买零食、饮料、玩具，这点儿钱根本不够，但话又说回来，儿子儿媳妇也挣得不多，年轻人难免爱买东买西，出去看个电影，交个朋友，指望他们攒钱买房子搬出去，相当于痴人说梦。说来说去，老爷子一个月七八千块钱的工资是家里的顶梁柱，是这笔钱养活了一大家子，平时他衣来伸手饭来张口，每年春秋两次，没病也去医院住一个月，当调理身体了，反正他级别高，医疗费用全免。

梁姨妈妈干净利落，个子高挑，和梁姨一样眉眼端正，我试着还原了一下她50多岁时的样子，老军人看见她，应该会很喜欢，结了婚估计也是宠着的，要不然，不会让梁姨他们三个拖油瓶的进门。他们人多势众，反客为主，但腰杆子还是老军人硬。他的工资数额，还有房产证上的名字，树大根深，他们这些人热闹喧哗地过的日子，不过都是这根老树上的枝枝叶叶，动起真格儿的来，梁姨妈妈20多年的夫妻情分，梁姨这么多年的精心照料，相比于老爷子的工资和房产证，竟然如此虚弱。

两家子女老早就有言在先。这些年，梁姨他们伺候老军人，老军人百年之后，房子归梁姨夫妻。但天底下的诺言，没实现之前都是空中楼阁。如果老爷子哪一天反悔了呢？就算老爷子没反悔，他的那几个子女反悔了呢？毕竟他们也有一份继承权，房子切成几份，落到每个人手里，也有几万块。对于普通人家，几万块足以让他们翻脸毁约，不念旧情。

你说我该怎么办？梁姨问我。

我说可以让老爷子先写个遗嘱，你们再做个公证。

梁姨说遗嘱写过了。她还特意拿了遗嘱来给我看，让我挑哪个地方有问题，需要再改进一下。

我看了半天，觉得我能想到的，他们都想到了。我挑不出什么问题，也提不出更有建设性的意见。

你别担心了，我劝梁姨，车到山前必有路，船到桥头自然直。

梁姨说是。但我知道，她的心还是悬着的。就像他们一家跟这个城市的关系，也是悬着的。

我经常在小区里遇见白白胖胖的刘姨，每天下午和晚饭后，她和一大堆同年纪的阿姨一起遛弯儿，但她的眼睛总是四处看，遇到熟面孔，会热情地过去聊几句。她和善、聪敏，天生知道说什么话能让人高兴。和她聊过天的人，都是笑着道别。

和刘姨的活泼多话相反，沈叔是高冷派，话很少，也很少在小区里出现。但他总在刘姨的舌尖上出现，三五句话后，必定闪出沈叔。在刘姨的描述里，沈叔并不是个寡言的人，相反很爱讲话。我们只能理解为：沈叔的沉默是因为不屑于跟邻居们说话。

他们夫妻都是 20 世纪 50 年代的大学生，在学校相识相爱。刚结婚的时候没房子，小两口在厨房里夜夜搭木板床将就。那样的日子仿佛就在昨天，刘姨说从来没觉得日子苦，反而觉得生活比蜜甜。刘姨从学生时代就喜欢沈叔，崇拜沈叔，她把他奉为家里的神。儿子娶媳妇，她对媳妇的要求最重要的一条就是尊重沈叔，家有家规。

沈叔以前是建工学院的院长，退休后一直被各公司抢着聘为专家，一年之中他大部分时间在外地，偶尔回来，给家里留下钱，以及他给刘姨买的衣服，就又离开了。好像那些衣服穿上刘姨的身，就等于是他在客观上拥抱、陪伴着她了。

刘姨难免在其他阿姨面前多说几句，衣服啊，鞋子啊，都是老伴给挑的，看不上我的眼光，呵呵。她倒不是多么物质多么虚荣，只是想秀秀恩爱。但恩爱秀多了的结果是，其他阿姨晚饭后结伴遛弯儿不怎么爱带着她了，还有风言风语出来：老沈这么大本事，天天不着家，指不定在外面做了什么好事呢，给她买几件衣服打发了，她拿着棒槌还当了针（真）了。

五楼的郑老太太，当着大家的面儿问刘姨：儿子多大了？挺大的吧？

刘姨说 35 岁了。

那怎么还没孩子呢？

刘姨说年轻人不着急。

都奔 40 岁了还年轻啥啊。看看咱小区你这个年纪哪还有没抱上孙子的？你也不管他们?! 就这么看着?! 你咋想的?!

刘姨涨红了脸：年轻人有年轻人的生活，有什么好管的！

郑老太太哼一声：只怕是管不了吧。

我不知道我身上哪点儿让刘姨觉得可靠。有天在小区里我带女儿玩，女儿那会儿不到两岁，跑跑跳跳的时候，趔趔趄趄、跌跌绊绊，刘姨和我一边看着她玩，一边闲聊。

刘姨红了眼圈儿：郑老太太不厚道啊，当着大家的面戳我肺管子，她分明就是故意的。

刘姨的儿子结婚10年了。当年沈叔正在院长位置上，风光是有几分的，刘姨也是知识分子，两个人退休金都有一万五六；他们好几个大学同学有意结亲家，结果儿子自己找了个对象回来，家庭、学历、长相，啥啥都一般，就是手段不一般，认识三个月就把儿子搞掂了，让他非她不娶。但千不该万不该，结婚前她隐瞒病史，她家族有遗传病。这个女人怀着侥幸心理，想赌一次：也许她生下来的孩子是健全的呢？

赌博的结果是，孩子生下来就五官不全，心肺也有病。医生脸色很不好看，对产妇也不客气：早就告诉你了不能生！

可再怎么说，那也是我的孙女啊，刘姨红了眼圈儿，说，我抱着那一小坨肉肉，三天三夜，泪没干过，这孩子来世上走一遭，可怜啊！

从那时起，全家人再不提孩子的事。每年春夏间，天气暖和，总有一堆新生的宝宝从各门洞里被抱出来，白生生，粉嘟嘟的，咿咿呀呀地咧着嘴笑。刘姨看着这些宝宝，心情可想而知。

刘姨的儿子儿媳妇住在离我们不远的一个小区，节假日偶尔回来，不知道是二人枯守实在太过无趣，夫妻关系日渐疏远，还是刘姨的沈叔不着痕迹的责难和压力，总之，结婚10年后，刘姨的儿媳妇主动提出离婚，让老公趁着年轻，换个妻子生孩子。刘姨沈叔很感谢她的大度，投桃报李，儿子结婚时买的大房子他们更名送给了儿媳妇，儿子搬回家来跟老两口一起住。

刘姨儿子虽是二婚，但没有孩子，家庭条件也不错，不算钻石王老五，也算黄金白银了。很多家有剩女的老朋友摩拳擦掌，珍惜这失而复得的结亲家的机会。刘姨沈叔的社交活动骤然增加，一时间都快门庭若市了。但这个儿子再次让他们大跌眼镜，他跟一个小姐暗度陈仓不说，连孩子都怀上了。

重磅猛料啊！

沈叔大为光火。几代书香门第，正经人家，怎么会出来这么个不着调的儿子？情绪不好，话难免说得难听，连前儿媳妇的离婚理由都要重新梳理：是不是离婚前你就自甘堕落，拈花惹草，人家嫌你不干净才要离婚？！人家甩了你这个渣男，得了套房子，还得了成人之美的名声。你倒好，阴沟里翻船，连面子带里子，一塌糊涂。

儿子半辈子活在父亲的心理阴影中，做什么都不能让父亲满意，现在年近不惑，被骂得麻木，豁出去了，破罐破摔：您同意她过门儿，我就还是你们的儿子；不同意，我们在外面另立门户。

刘姨两边劝，骂儿子：就凭你那点儿工资养得了老婆孩子吗？到时候你媳妇下海挣奶粉钱吗？这边哄着老伴儿：不看僧面看佛面，那个女孩子的肚子里，是老沈家的一坨血脉啊，自己的儿子做下的梗，再难也得噎进去。

刘姨和沈叔去女方家认亲，沈叔全程黑脸，所有的客套应酬都由刘姨来承担，刘姨左右为难，不热情怕女方家挑理，太热情了又怕给沈叔火上浇油。

我们站在小区绿化带旁，中秋节刚过，草丛的绿上了锈似的，流露出金属质地，而我们头顶上的树叶黄澄澄的，如无数的金币在闪烁抖动。

孩子生出来就好了。我劝刘姨：小婴儿只要往沈叔怀里一抱，百炼钢都得化成绕指柔；孩子妈妈也是，嫁到你们家算是重新投胎，有个爱自己的老公，有你这个千年出一个的好婆婆，她会珍惜现在的安稳。到时候，皆大欢喜。

五楼的郑老太太天天在小区里转悠。

我们刚搬进来时，郑老太太的转悠还以锻炼身体、休闲养生为目标。那会儿很多人往里搬家，各种纸盒纸板箱扔到垃圾桶旁边，郑老太太好像实在为这些东西可惜，她把它们收拾起来，压扁捆好，放在楼梯间下面的仓库里，攒多了，去小区外面找收废品的，他们骑着三轮把这些东西收走。

先是纸箱纸板箱，然后是饮料瓶。最早是凉亭里面，很多人把喝完和没喝完的饮料瓶随手放在桌子、凳子上，她捡起来收着，慢慢地，她开始什么都捡，开始时一天在小区里面巡视两次，最后演变成每小时一次，她拖着编织袋，在小区每个垃圾桶里翻拣、寻找，她从外面找来的收废品的人也不像以前那样来了就拉走，开始讨价还价，一言不合，三轮车就空着走了。

废品越来越多，楼梯间的仓库早就装不下了。她开始往楼道里面堆，五楼堆得人几乎无法通过。然后蔓延到四楼。楼道里面的味道可想而知，尤其是夏天，空气流动加快，整个单元弥漫着污浊、腐朽的气息。四楼住着福建来的一对夫妻，瘦瘦高高的，两个女儿也是纤细身材大长腿，一家人和善、纯良，不爱与人争执，换上东北本地人的暴脾气，垃圾堆到人家门口还不一把火点了?!

很多邻居到物业投诉。物业人员来清理，郑老太太叉腰堵在楼道，身后垃圾是她的草台班子，也是她的千军万马，她破口大骂，什么难听骂什么。骂之外还要添加各种威胁：谁碰了她，她就倒在谁身上，她一身病，谁挨上谁拿钱给她治病。

一妇碰瓷，万夫莫敌。

郑老太太小儿子和儿媳妇跟她一起生活。两口子都是矮肥圆款，出来进去，成双成对，恩爱得很。冬天时，两个人都喜欢穿貂皮，男黑女灰，像一对熊宝宝。邻居们跟小两口诉苦：劝劝你妈，你妈这垃圾捡的，整个单元蟑螂成灾，不能为了一己之私坑害全楼啊。

小儿子一脸苦笑：你们谁能劝得了她，我谢谢你们!

我妈是山东倔县的，整不了。

郑老太太也算文化人，乡村小学老师。

我女儿到了上小学的时候，小橘子长成了小姑娘，我们觉得每天多睡一小时，比上名校更重要，于是把她送进了门口的学校。上学放学接她回来，在小区里总能碰到郑老太太，有天她突然感慨地跟我说：现在你们可真是又省心又省事儿，我供孩子上学那些年，凌晨3点就起来烧锅做饭，孩子们吃了饭，5点钟往外走，要一个小时才能到学校。冬天天黑，雪像大被似的把路蒙得严严实实的，孩子深一脚浅一脚，有时候雪没到腰，脚都拔不出来。

往事不堪回首。郑老太太守寡把两个儿子拉扯大。大儿子在大连，事业做得风生水起。小儿子贪玩顽劣，具体做什么没人清楚，天天和媳妇儿同进同出，媳妇儿在大商场里开了间美甲店，见到我总约：来我店里美个甲？给你半价。我说谢谢，抽空去。

今天的生活，用郑老太太的话说，做梦都没敢想。有一年夏天，大儿子接她去大连住了半个月，带她四处旅游，回来后，大家问她感想。她说，到处都是饮料瓶啊，要是捡，那得捡老多了。

有人逗她：那你捡啊，这么大的便宜不捡，那不白瞎了。

郑老太太摇摇头，不能捡，大儿子会生气的。

这个小区不知道是不是名字起得平易，孩子多，夫妻恩爱的也多。光是我们单元，夫妻双双出门、双双还家的就好几对。4楼的福建夫妇，好像是做鞋生意，静悄悄来去，10年间，两个女儿从小豆芽一年年长成了亭亭玉立的花骨朵；5楼的郑老太太家小儿子夫妇，9楼张姨夫妇。顶楼是复式结构，住着一对中年夫妻，从入住开始，两个人几乎形影不离，每天最早开车出门，夜里很晚开车回来。

郑老太太知道所有人的情况，说顶楼夫妻是做买卖的，做得还不小，别看那男的高大威武，家里家外是那个女的说了算。

顶楼女人保养得宜，话少，但礼貌。不像10楼的电台女主播，跟她同样年纪，浓妆艳抹，打扮花哨，她坐过的电梯，要过一个小时香水味儿才消散掉，主播老公恰好相反，接地气得很，夏天时有时招来几个朋友，在凉亭里脱光膀子烧烤喝啤酒。顶楼男人高大威猛，从来衣着讲究，喜欢戴墨镜，颇有几分黑道大哥的意思，话少，但也算平易，只有一次小露峥嵘。

　　小区车满为患，有的车半夜停在小花园四周，有车库的车主们把车倒出来的距离就不够了。每天清晨，小区下面汽车喇叭声尖叫不止，车主的愤怒像个火种，能把全小区想睡懒觉的人都弄得怒火中烧。占了人家车位的主儿，会来事儿的披头散发狂奔出去挪车，再一连串道歉倒也罢了。隔壁单元一个中年妇女，刚买了辆日本花冠，没车库没车位，四处乱停，被喇叭或者电话叫下来挪车，她的脸甩得比水袖儿还长，好像别人挡了她的车库。有天她第N次挡了顶楼男人的车库，夫妻俩那天好像有事儿，急得跳脚，女人没办法先出门打车走了。男人继续按喇叭打电话，女人终于拖拖拉拉下来，顶楼男人撂了她几句，女人开始撒泼：你买了库还买了路?！我今天就停这儿，你能怎么着?！

　　男人瞪着她，突然笑了：好，有本事你别动。

　　男人进车库把奥迪A8开出来，车大，又沉，向后面用力一撞，把花冠挤成了易拉罐，女人尖厉的叫声仿佛一把刀，把那天的清晨震出更多的裂缝，有人推开窗子朝下骂：大清早的死了人啊，号什么号?！

　　男人把车开走前，落下车窗，朝抓狂的女人丢下一句

93

话：告我去吧！

奥迪 A8 扬长而去。

女人在后面跳脚。

看热闹的总结了一句：论硬耍狠，还得是德国货！

撞车事件迅速发酵传播，堵别人家车库的汽车骤减。但关于停车的怨声更加涌沸。当年那块画饼的假游泳池派上了用场，清理干净后，浇筑上水泥沥青，再划好一个个车位，开始出租收钱。

9 楼张姨夫妇也很恩爱，他们做药品推销，每个月在全省七八个城市间奔波。两口子出双入对，比翼齐飞。几年后，男人查出肺癌，最好的医生最好的药，张姨都找了，每次住院，张姨都精心照顾。邻居间说起生老病死，叹息连连，她倒反过来安慰别人：生死有命，富贵在天。跑医院，照顾病号，张姨一直都没放弃自我要求，永远穿着得体，化淡妆。

丧事办完，过了几个月，我在花园里遇见张姨。聊起去世的叔叔，典型的东北爷们儿，在外面咋咋呼呼，其实是个没主意的。她倒是城里人，当年插队跟他好上，就留在了小镇。后来还是她脑子活络，出来做药品营销，赚了

94

钱，买了房子，把全家人又迁回城市。她这些年和老公常年跑医院、见医生，对于病痛和死别比一般人平静。丈夫走得很安心。她觉得自己尽了力，也很安心。

我说你还不到 60 岁，要不，再考虑考虑找个伴儿吧。

张姨坦然说，对，我得找。

她这么爽快地回答，我倒吃了一惊。

没过几天，张姨带着新丈夫出现在小区里。虽然是新丈夫，其实是他们夫妻的老友。之前病房里，张姨忙得团团转，这位新丈夫得空就去，在她旁边帮衬着。早在那个时候，对于未来的生活，他们心领神会，已经有规划了。

我们在小区住到第 10 个年头儿时，春节回家过年，很久没见到刘姨，在小区里面再见面时，她拉住我的手，说，你沈叔走了。

我吓了一跳。

沈叔是胰腺癌加肝癌，从查出病情到去世，还不到三个月。对于刘姨而言，不啻晴天霹雳。她衣不解带地在医院守着，跟沈叔同吃同睡，连吃饭的勺子都是同一个，你一口我一口。医生提醒她小心传染，沈叔的肝脏有问题。刘姨说我不在乎自己会不会被传染，我要不吃，你沈叔更不爱吃饭了，他能多吃一口比什么都重要。你沈叔临走前说了，这辈子跟我没过够，下辈子再来，还找我。

隔着面包似的厚羽绒大衣，我抱住了刘姨，她伏在我的怀里，失声痛哭。

再也没有人给刘姨从外地买衣服了。刘姨瘦了一些，头发白成了一朵菊花。她每天早早地去买菜，给儿子儿媳孙女做饭，她快80岁了，老太太的模样儿让人心疼。有时候她在窗前看见我进出小区，会跑下来找我说几句话。

我又梦到你沈叔了。刘姨说，他在那边儿挺好的。

我说您自己得多保重啊。要不，沈叔会不放心的。

刘姨说，我挺好的，小孙女越来越乖巧，奶奶奶奶地叫，跟小奶油似的。

有一天我告诉她，我在别的地方买了套房子。

刘姨一下子沉默了，过了一会儿，笑笑说，那边临着河，风景好空气好，是应该搬走，那我是不是再也见不到你了？

我说我没那么快搬走的，等女儿小学毕业再说。

郑老太太的问题是从腿脚开始的。一条腿不给力，走路一拐一拐的，她比以前更疯狂，凌晨三四点就开始下楼转悠，不只是捡纸箱饮料瓶，现在连别人家扔的菜、过期的油也开始往家里捡了。她的小儿子儿媳早就搬出去住了。搬出去之前，郑家小儿子换了一辆一百万的豪车。大家都说老太太别捡了，捡十年也买不了你儿子一个车胎。老太太骂儿子败家，买了车还骗她，说车还不到 10 万，便宜得很。他们搬出去没多久，老太太就中风瘫痪了。他们雇了个保姆照顾老太太，没两天保姆就不干了，说老太太神经病，推着轮椅来厨房检查她做菜时放多少油，夜里还要打开冰箱数数鸡蛋和苹果，唯恐被保姆偷吃了。

又过了一段时间，说郑老太太的小儿子好像沉溺某种网络赌博，开始时暴赚，但没过多久就倾家荡产了，老婆跟他离了婚，刚买的豪车也卖了抵债。

女儿小学毕业了。

之前的一年，老公已经开始装修新买的房子。离易安居开车要 20 多分钟。在我们之前，易安居搬走了几户人家了，比如说主播夫妇新买了别墅；顶楼夫妇搬得干净利落，跟谁都没打招呼，他们本来跟邻居也只是点头之交；福建夫妻也走了，我怀疑他们从来不会拿这里当成自己真正的家，只是寄居一段儿。连五楼郑老太太都被接走了，他儿子要卖了这套房子还债。

我们搬家持续了三天，我提前两天住进了新家，安置随后运过来的东西。我很吃惊，那个三居室里居然有这么多东西，这还是在淘汰了一多半家具、十几箱东西之后。易安居里的生活比我想象的、意识到的更满盈、更密集、更拥挤。

新小区幽静开阔，比易安居大十倍，夹在一条河和公园之间。更重要的区别在于新小区的气质风格，是邻里之间鸡犬之声相闻，老死不相往来的那种。大家在小区里见到，会微笑，会点头，会打招呼，但仅此而已，家长里短隔断在每户铁门后面，反正谈资现成：十来个喷泉，几百棵果树，满池的绿色，开着指甲盖大的白花，香气四溢的草坪，以及在草坪上慵懒踱步的一蓝一白两只高傲的孔雀；再不济，外面还有河边的故事，以及公园里的四季风物。

夜里我坐在新家的窗前，我看不见，但我知道，不远处有一条河流，河水静静地流淌着，有时候露出水之骨头，但大多数时候，月光洒在河面，变成河龙的鳞片。我想起易安居的日子，便会风马牛不相及地想起一句诗：只要想起一生中后悔的事，梅花就落满了南山。易安居跟后不后悔没关系，跟梅花更没关系，只跟诗里的情绪有关系。我知道在未来的岁月里，易安居 3 号楼 3 单元 701 的生活，像一粒缓释胶囊，归隐在我的余生；也像一枚五味杂陈的芯片，保鲜着 13 年的生活。

茶禅版纳

西双版纳，意指 12 个一千亩。西双是 12，版纳是一千亩；古代傣语为"勐巴拉娜西"，意为"理想而神奇的乐土"。

中国四个带"南"的省份，河南、湖南、海南、云南。云南和其他三省比起来，平均海拔最高，也最具诗意，有缥缈之气，天上人间的双栖感觉。云南省有很多有意思的地方，比如香格里拉、大理、丽江、苍山洱海、玉龙雪山，还有西双版纳，虽然在一个省，不同地方却显示出不同的风情和气质。

西双版纳在云南省的南部，是颗绿宝石一样的地方。想到西双版纳，就想到热带雨林；想到热带雨林，就想到姑娘。短衣筒裙，中间露一截小蛮腰，因为阳光强烈而晒成棕色的皮肤，因为棕色皮肤而越发显白的眼仁和牙齿，再加上长发和赤脚，绿草坪上跳跳孔雀舞，袅娜得不要不要的，青山绿水和路边野花一时失色。

到了之后才发现想多了。姑娘多是穿着牛仔裤T恤衫，骑着摩托来来往往，好看的很少，绝色一个也遇不到。

真正让我们惊喜的倒是入住的酒店。是用当年的知青点改造的，十几个独栋小楼不超过三层，沿着一个圆环，顺着山坡一路排开，带着行李的话要坐电瓶车才可以，要不然，拖着拉杆箱一路吱吱呀呀，要走上半天。路两边绿树成荫，鲜花盛开——三角梅开得铺张，一树一片，扶桑的花有碗口大，非红即粉。有些房子被藤蔓覆盖，有了古堡的味道。

知青们曾经生活过的痕迹荡然无存。去房间的路上，还以为会见到一些镌刻在水泥或者石头上面的口号和标语，却没有，至于写在墙面或者木板上的语录，早被风吹日晒磨蚀殆尽。这里的植物太茂盛了，覆盖和消解的能力像消毒软件，让这里每天保持更新。

知青们的故事正在流逝。当年那些大城市的年轻人，初来乍到，满眼的绿色最初或许会让他们眼前一亮，但随着时间的流逝，很快就会变成绝望。漫漶无边的绿色，像一潭死水，把他们囚住。知青点不是魔法学校，或者如他们一度幻想过的，可以在广阔天地，大有作为；知青点更像苏武牧羊，而知青们连苏武都不是，是那些羊。他们是"被迷途"的羊，因为时代的一声号令离乡背井，流落在荒山野岭间变成了困兽。而这些我们即将入住的房子，曾经，是羊圈还是牢笼？

细算算，不过是 50 年前的事情。这批知青大部分应该还健在。感觉上却早已经沧海桑田，恍若隔世。

既然来了，当然要好好转转。西双版纳是旅游城市，知道怎么应对游客们的好奇和需求。来之前所有脑海里关于西双版纳的想象，发现都被当地旅游部门归纳云集在一个公园里了。

比如孔雀。一只蓝的一只白的，亭亭立于木架上头，翅膀像两把打开的羽毛扇子。它们的头轻轻摆动着，眼神儿睥睨。游客们在孔雀面前拥挤着，排着队等着跟它们合影，仿佛粉丝朝拜明星。而这两位流量明星，显然早就对自己的工作驾轻就熟了，它们开着屏，几乎没合拢过，就相当于服务人员永远保持的工作微笑，游客们一个接一个地过去，比 V 拍照或者自拍，很难说哪个更无聊。

我们小区里面也养着两只孔雀，也是一蓝一白，是当初房地产开发商卖房子的时候，为了配合法式庭院这个卖点，不知道从哪里弄来的。冬天大雪覆盖的时候，这两只孔雀早没了影踪，东南飞了，还是被关进了笼子里？连雪泥鸿爪都没有。但天一热，它们就又出现了草坪上。小区为了这两只孔雀封闭了一部分区域，每次经过它们身边时，它们都在草地上慵懒地晒太阳，我从来没见过它们开屏。

西双版纳这两只孔雀却勤劳得很，始终张着翅膀，任你随意拍，堪称爱岗敬业。

比孔雀工作态度更好的是蟒蛇。十来斤重的大蛇，每隔几分钟，从一个人的脖颈转向另一个人的脖颈，充当着粉丝们的围巾、领带、绞索，被拍照留影。从一个人到另一个人，不同的味道，它们就不会厌倦吗？不会发怒？不会失控？而如果它们失控，它们会怎么报复呢？用蛇牙咬？还是蛇芯扫？

《哈利·波特》系列小说里面有好几条蛇，比如动物园里被哈利·波特的蛇语魔法变走了橱窗玻璃后，要回巴西去的那条蛇；伏地魔有条蛇，是他的魂器之一，也是

103

他的爱物，那些不听话的巫师，经常丧命于这条蛇的蛇口；霍格沃茨魔法学校的墙里面，也有条蛇，它发出的威胁恐吓一度让哈利·波特非常困扰，当然，哈利·波特会战胜这条巨蟒，他会战胜所有的对手。

但，永远别低估蟒蛇。它们的耐心和驯良都是暂时、不确定的，它们的危险是永远的。

整个主题公园最搞笑的是泼水节。

泼水节一旦被定位成"为游客服务"，就不再是节日，只剩下形式了。地点是在公园中心广场，广场中心有个带喷泉的大水池子。参加这个项目的游客们要先换好衣服，然后发个盆拿着，大家围着圈儿站着。穿着泳衣，拿个盆，像是要集体去泡澡。泼水时辰一到，一群中老年"泼妇"，手执塑料盆，随着广播音乐列队进来，先围绕水池走一圈儿，然后随着广播泼水几个来回。知道的是泼水节游戏，不知道的还以为是当地特色广场舞呢。完成了规定动作后，她们开始和游客互动，有的跳进池子里，有的在池子边，用盆舀水互泼，相熟的游客们自娱自乐，你泼我我泼你，她们在旁边看着，也乐得轻松。原本泼水节泼水，是男女相好，眉目传情，一腔爱意无以言表时，泼水撩拨。那些泼出去的水，宛若透明的巴掌落到爱人的脸上身上，是撒娇也是表明心意。没经历过泼水节，但一直对这个节日有美好的期冀，一场光天化日下的集体挑逗，磅礴的野气和性感令人神往。可眼前这算什么呢？一堆中老年"泼妇"把这个变成了职业，跟旅客们互撩，变成既来之，则泼之。随便找两个泼妇骂街，不知道会比这种场景好看多少倍。

西双版纳这样的地方，看是很难看出子丑寅卯，它要人把全身心的毛孔打开，来感受。

这是个被阳光和雨水眷顾的地方，植物葳蕤，没心没肺地长，别地的竹子是二八少女，纤弱多情，摇曳生姿，这里的竹子叫龙竹，粗壮如树，豪气冲天，生生是虬髯大汉；西双版纳到处都是树，但并非如原始森林那种，密密麻麻如士兵安营扎寨，肃穆森严，这里的树林跟生活打成一片，东一棵西一棵，左一簇右一簇，并且一定夹杂着花花草草，藤蔓逶迤，果蔬随处，欢喜丰盈，"投我以木瓜，报之以琼琚。匪报也，永以为好也"。

西双版纳的"琼琚"是满地的古茶树。这里是中国古茶树最多的地方。古茶树居于深山山坡及山顶，山路不能有柏油沥青之类的东西，那些树会因此死掉。茶树的清高是决绝的，不与污浊之物共生，宁为玉碎，不为瓦全。古树茶千金难买，是有道理的。

我们在山腰处弃车，踩着土路的泥泞走了半个多小时，看古茶树仿佛去谒拜高僧大德。古茶树，棵棵龙钟模样。树龄三百五百八百年，听起来吓人，但看上去，古树们却并不粗壮，更不参天。初看几乎是丑的；但看久了，就看出些不一样来，枝干扭搅着，年轮在里面圈圈绕绕，越圈越紧，几百年啊，时光的马拉松在树干的内部奔跑，较足了劲，蓄满了势，拧着螺丝，与此同时，吐纳有度，休息有时，张弛之间，变成世外高人。

老茶树，老干老枝，袖着手，风声雨声，闪电雷鸣，既见怪不怪，又常见常新；那些自老枝上发出的新叶，一叶一叶，正面赭石，背面苍绿，每一片都像一个顿悟，"烟峦如赭水如焚"。几百年的老茶树，生不了多少茶叶，每个叶片都是珍贵的。茶叶落入茶人手里，杀青、揉捻、晾晒、筛选、压型、风干，及至落入壶底，等待沸水的超度，那些百千万劫啊，每一劫，都要先粉身碎骨，才最终得以脱胎换骨。

一棵老茶树下面搭了个棚子，供人居住。这些茶树都是有专人看管的，老茶树的树叶都是金叶子，价格逐年递增，守着茶树的人，相当于"茶奴"，棚子外面铺了张细长木桌，两条长椅，主人用大铁壶烧水给我们沏茶。茶具简朴，手法没有一点点花头，几乎有些大茶缸子泡茶的意思。而这，可能是我们喝过的最正宗的古树茶了。茶汤清涩，舌头像被洗礼了。过了好一会儿，回甘于舌头两边，于齿颊间丝丝渗出……

在西双版纳喝了几次茶。一次是夜半去老茶馆。茶馆老板娘在茶台后面坐着沏茶，神色宁静，轻言细语，语必含笑。

我们有一搭没一搭地聊天：老树茶茶叶越来越贵了，也对，物以稀为贵；最近细雨连绵，空气湿度大，那些压好的茶饼怕是潮气重了，需要风干；放了20多年的老茶喝起来，最是滑润，香浓，像人一样世故。

聊了半天，冲了好几泡茶，才发现，老板娘宽袍密褶的裙子下面，怀着八月大的宝宝呢，难怪她举手投足间气度雍容。

这样的女人，最是宜室宜家，就连不那么漂亮都是优点。能把日子过得平易舒服，细水长流。

还有一次是去朋友家里。做茶叶生意的老板，房子建在城边，相当宽敞，傣式，同时兼具日韩木屋的风韵，屋檐宛若翅膀，向着空中展开，檐下是长长的回廊，回廊前面的院子里种着几株石榴树，花开得正当时，满树满枝，花开似酒红。进了门他先把我们请去茶室喝茶，茶台是老树根雕出来的，茶具瓷白，清雅可人。他一手抱着一岁多的儿子，用另一只手烧水洗杯子，把茶冲得行云流水。

我说不会喝茶。

他说喝就是了，哪有什么会不会。

我说不知道好坏啊。

他说你觉得好就是好，觉得不好就是不好。

午餐他亲自给我们做。土鸡、青菜、回锅肉，每一道都鲜美至极。他不像个老板，倒是个生活艺术家。

刚吃了午餐，又来了一拨朋友，他忙着去招呼。我们自己在餐厅旁边的小茶室喝茶聊天。茶室边有几个大袋子，装着带壳生花生，我们抓了几把到桌上当茶点，剥花生壳时，小蚂蚁像我们语句里面的逗号，不时地从花生壳里面外面抖落出来。它们摔在茶台上面，很快翻身起来，重新确定方位，然后爬走。

在西双版纳，最惹不起的就是芝麻粒大的蚂蚁。它们成群结队，密密麻麻，耐心和勤奋无可比拟，它们可以吃掉任何东西，米粒、花生、家具、房子。不能处理好蚂蚁问题的人，是无法在西双版纳安居乐业的。

朋友从大茶室那边过来陪我们，指给我们看房子后面，说原来那里有个傣族寺院，"文革"时毁掉了。他是因为这个原因才选址在这里建房的。他相信寺院虽毁，但慧根仍在。生活在这里，有佛护佑。

我们回城里吃晚餐，小饭店，露天的，看得见灶台，烟火气十足。地点在澜沧江江边。坐在桌边，放眼望去，一条大水，在不远处流淌着。

逝者如斯夫。

河床宽阔得过了分，弄得这条澜沧江，细瘦如龙，在夕阳的橙红色光照下，河流透明的筋骨不安分地涌动、奔腾，有种莫名的伤痛感。

澜沧江是亚洲第四长河，流经六个国家。它还有另外一个名字：湄公河。这条河流经越南时，出产的故事几乎和它孕育的淡水鱼一样多。法国作家杜拉斯最著名的《情人》，男女主人公初遇即是在湄公河上。

有一个说法是，到云南没到过西双版纳，那算没到过云南；到西双版纳没去澜沧江上坐船游览，那西双版纳也算白来了。每个著名的景区都会有类似的奇言怪论。表面上是强调、肯定、褒扬，实则简单粗暴地抹杀了个体的区别。在船上饮酒喝茶，弹琴唱歌，在秦淮河这样的地方，杨柳斜倚，满楼红袖招，倒也罢了；在大江大河做这些事情，既危险，又不敬。

大江大河是万物的血脉，是天地的痛和痒。痛痒让江河平伏于地面，却常常有虎豹之势。澜沧江宽阔的河床并非虚置，而是为河流的愤怒预留了空间，雨季时，山洪说来就来，被剥夺的一切，都要加倍偿还。人类总是容易忘记最简单的道理，看见空缺就想要占有。即使被打回原形，还是会再犯同样的错误。

说到这儿，倒想起另外一个故事。五代南唐时，有个道士叫谭峭，写了本很了不起的书，《化书》。书成后，他请南唐大臣宋齐丘为书作序。宋齐丘被这本书震撼，贪心顿起，把谭峭装入牛皮袋里，扔到江中，据书为己有，欺世盗名。好在陈抟与谭峭同世，江湖地位高，力证此书为谭峭所写，还谭峭一个学术公道。有趣的是，很久很久很久以后，有渔人在江中打鱼，打上来一个牛皮袋子，割开后，发现有人在袋中酣睡，此人就是谭峭。谭峭问渔翁，现在流行读什么书啊？渔翁讲，现在最牛的书，叫

《化书》。谭峭一听，放心了，化成神仙飞升而去。

这个故事当然是超现实的，比桃花源还超现实。我在澜沧江边想起这个故事，很理所当然地想着，那条让谭峭漂泊了时空的河流，即使不是澜沧江，也和澜沧江很相像吧。"老枫化为羽人，朽麦化为蝴蝶。"羽人和蝴蝶，自无情而化有情后，只怕都流连在澜沧江边吧，这里的蝴蝶比野花还多哩。

澜沧江边晚餐后，我们又去喝茶。

"吃茶去。"在西双版纳，是件再平常不过的事情。有阳光的地方，有灯光的地方，都不能缺少茶的暖和香。西双版纳人话少，但一句是一句，如同冲冲泡泡才能渗出的茶色一般，其结果就是：闲话也变得言浅意深，一句顶一万句。对于世道人情，他们显然有自己的一套，不紧不慢，不愠不怒，惠风和畅。

有一天在傣寨，当地一个舞者给我们跳传统舞蹈。大家四处落座，手里捧着茶杯，他原本也是人群中的一分子，不易被察觉地换了民族服装，扎上额带，静悄悄地进入视线中心，跳舞时，他手里拿着两把木刀——真正舞蹈时要用真刀真枪——挥舞着。舞蹈只有鼓声伴奏，"砰砰""嘭嘭"，舞者一招一式，结结实实，不时地踢打出"噼啪"声响。那几乎不是舞蹈，而是"武"蹈。男子汉顶天立地，与天斗，与地斗，与野兽斗。斗来斗去，就斗出了艺术。

傣族男人的舞蹈，一半舞蹈一半武术，紧锣密鼓，阳刚气十足，纵使是在客厅里面表演，也激越长啸，真诚有情。相比之下，西双版纳那著名的孔雀舞——鳗鱼似的身段，神似孔雀头眼的花式手指，以及翅膀般开合的裙裾，阴柔得如此华丽，让人喘不过气来。幸亏有了傣族男子气吞山河的阳刚气质，才兜转住了那一汪温柔娇媚的孔雀舞，让它们不至于只限于炫美和炫技，而拥有了一份中心思想，进而才能印象云南。

扯远了，还是回头喝茶去。

茶禅一味。在别处，是茶道，是禅宗，仪式庄严；在西双版纳，是人间烟火，在在处处，烂漫得不得了。

西双版纳寺院、佛塔众多，寺院通常建造得非常华丽，寺庙方形，坐西朝东。寺院涂成金色，在阳光和绿色植物中间，溢彩流光。在一些寺院里面，看到藤编的释迦牟尼佛塑像，就地取材，非常亲切，佛祖宝相庄严，目光慈悲，微微低头，俯视众生种种苦难，而信徒们呈送到佛祖面前的，除了供品，还有鲜花。花香弥漫，花开见佛。傣族寺庙里有贝叶经，光听名字就让人神往，以前无缘得见，这次见到，处理过的、写着佛经的贝叶像折扇似的收拢在细匣子里面，打开时，也宛若折扇，一页页铺排开来。

一花一世界，一叶一菩提。

傣族人信仰上座部佛教。信仰上座部佛教的地区，大多是全民信教。在傣族地区，不是好孩子都有糖吃，而是，好孩子都去当小沙弥，去吃苦，冥想，修行。经过这番历练再重新回到世俗，眼光和格局都变得不同。对于成年男子而言，没有当过和尚的男人是"生人"，相当于没有进化过，是要被女人和社会瞧不起的。

有这样的宗教背景，西双版纳人的沉稳和低调都有了出处。在这个浓墨重彩的地方——翠竹乔木，幽蓝湖水，黄灿灿的僧袍，金焰般的寺庙，花朵如星火炽绽，食物在香茅草的包裹里面，在烘烤中散发出浓烈的香气——热烈随处，激昂随处，佛教里面的戒、定、慧，就如同金钟罩，把人的心思笼定在身体的深处，随着万物众生欢喜涕泣，又在万物众生的欢喜涕泣中间，如如不动。

写作这件事

1

七个人，说同一件事：年轻的武士带着妻子，在林中遇到一个强盗，强盗垂涎那妻子的美色，把夫妻二人分别诱骗进入一个竹丛杉树混杂的莽林中。故事的最后是武士死了，妻子不见了，强盗被抓住了。

小说的前半部分由四个人的证言组成：樵夫、行脚僧、捕手、老婆子（她是武士的岳母）。他们分别介绍和证实了武士、妻子、强盗的身份，以及他们的性情；后半部分，则由三个当事人——强盗多襄丸、武士妻子真砂、武士金泽武弘，分别说起莽林中发生了什么。金泽已经身

114

死，他的魂灵寄借巫婆之身，借用她的口诉说。

同一个莽林，三个主人公说法各不相同，每个人都有自己的逻辑和合理性。好色的强盗偶遇武士夫妻，一眼就相中了真砂，觉得"她的脸儿像菩萨"，他对武士金泽谎称自己掘坟时发现了镜子、刀等很多好东西，想卖给他。金泽动了心，跟着多襄丸进了莽林中。因为马进不去，真砂暂时停留在外面。多襄丸在林中偷袭了金泽，把他捆在树上，用竹叶塞满了他的嘴。接着又把真砂骗到林中，当着金泽的面强奸了她。

故事到此，没有异议。但接下来，三个人的叙述像林中小径，分三个方向各自散开了。多襄丸说，他本来只想渔色，没想杀人。但真砂在他要离开时，拉住了他，"你死，还是我丈夫死？管他谁，给我死一个！在两个男人面前丢丑，这比死还难受！喂，过一会儿，不管是谁，活下来的，我甘愿与他结为伴侣。"

真砂这么说了，多襄丸才对金泽起了杀心，但他做得堂堂正正，选择了男子汉之间的决斗，金泽跟他大战了23个回合，最后被他刺死。等他再想找真砂时，她已经没影儿了，于是他也仓皇逃走。

真砂的叙述是：自己当着丈夫的面被强奸，强盗还得意扬扬地跟丈夫示威。而当她望向丈夫时，看到的是他对自己的蔑视和厌恶，他的目光甚至比强盗的行为更伤她。于是她说："既然已经到了这种地步，我不能再和你在一起了。我一心想死。不过……不过，请你也死吧！我的耻辱你已经看见，我不能把你一个人留下。"金泽只说了一句：杀吧！真砂用自己维护贞操的小刀——之前她也曾试图自卫，但被多襄丸夺过去——杀死了丈夫。金泽死后，她试图自杀，割喉咙，跳水，但没死成。

金泽死不瞑目。他的幽灵借巫婆之口道出原委：多襄丸强奸了真砂之后，花言巧语地劝她："哪怕只一次脏了身子，和丈夫的关系也很难言归于好。与其奉陪那样的丈夫，不知是否有意做我的妻子？正因为觉得你可爱，我才干出那种大胆的事儿。"

尽管金泽一直用眼神跟妻子示意，让她不要听强盗胡说八道，但她却仍被多襄丸打动了。她不光同意跟着他走，还要求他杀了自己的丈夫。而多襄丸听到这话，却一脚把她踢翻在地，很哥们儿义气地问金泽，"你打算怎么办？是杀了她，还是救她？回答只要点点头就行。杀了她？"

金泽犹豫的时候，真砂跑了。多襄丸把他从树上解开，去追那个女人，或者也逃走了，金泽不堪羞辱，捡起妻子丢下的那把小刀，捅进自己胸前。在他死去的时候，有人把刀拔出来，偷走了。

故事不复杂。如果平铺直叙，无非一个情杀故事。但芥川龙之介却在这样简单的故事里面，写出了复杂而深刻的人性：幽暗微妙的心理，细思极恐的真相。三个人谁都没有理由撒谎：一方面，事已发生，结果呈现，另一方面，多襄丸人之将死，其言也真；真砂的命运沉到了谷底，再怎么挣扎诡辩也毫无意义；武士金泽颜面尽失，而且已经是个死人，借巫还魂难道只为说几句谎言？

都没有理由撒谎，但谎言又真实存在。某些事件、某些时刻，谎言比真实重要得多。真实是相似的，谎言则各有各的面目和微妙。真实在客观层面上铺盖，谎言却走向幽微而复杂的内心。《莽林中》的故事危险而迷人。芥川龙之介仅仅靠这一篇小说，也足以跻身一流作家之列。日本导演黑泽明用这个故事拍摄了电影《罗生门》，和小说一样，电影放映后引起巨大轰动，拿下了奥斯卡奖，让这个故事再下一城，不只是文学经典，更是世界电影中的佳作。

2

"莽林"，是个很有意思的空间——这个小说也有译本译为《竹林中》，那片林子竹子最多，杂有其他树木和荆棘、野草——品种丰富的树木，多姿多彩的植物，昆虫、鸟、野兽、强盗，还有樵夫——小说和电影里都出现了这位樵夫，最先登场的是他，他发现和指证了案发现场；最后登场的也是他，他偷走了插在武士金泽胸口上的那把刀——莽林的附近，或许还有溪流、山涧，悬崖峭壁，清风流转，空气芬芳，各种声音起伏交错，既荒芜又繁荣，既坦荡寂寞，又杀机四伏。

恰如我们的日常生活。

每个人都有日常生活，也就是说，每个人都有一片"莽林"。"莽林"里面盛产梦想、爱情、戏剧性，也出产怀疑、流言、八卦。有些人天生会利用这片"莽林"，为它添枝加叶；而有些人，却"只在此山中，云深不知处"，他们也知道有，但有就有了呗。

对于写作者而言，意识到自己的"莽林"，并有效利用其价值，是保持自己创作之井永不枯竭的好办法。有时候，能不能意识到这一点，几乎是检验一个人能不能成为作家的标准。

我曾经在一家文学杂志社做过 10 年的文学编辑。除了每天要看大量的自然来稿，还要接待一些登门的作者。这些人热爱创作，一心想写出精彩的故事，而他们却看不见自己身上的故事。

一个农村女孩子来找我，跟我诉说她的文学梦。家里很穷，吃饱穿暖都勉强的程度。她不在真正的田野里耕耘，却在文学梦里播种，每天读书、写作，相信自己总有一天会成为作家。她来城里亲戚家小住，怕人家厌烦，早出晚归，中午饿着肚子在图书馆里读书。这样困窘的生活，她却动辄花费几百块钱加入某个"协会"，还从包里拿出五六个证书给我看，都是江湖骗子文学协会，上面印着萝卜章那种。

这个女孩子二十好几了，没有温饱的生活，没有工作，没有男朋友，眼下也看不到什么未来。她生活在自己的精神"莽林"里，为"不走寻常路"沾沾自喜，笃信自己会用文学改变命运。她主要写古体诗，那些华丽的字句里面，包裹着不切实际的名利心。刚写的一个短篇小说里面，也是神神鬼鬼的，跟她的现实和处境毫无关系。我不知道该拿她怎么办。犹豫了半天才委婉地劝了一句，鲁迅在《伤逝》里面有一句话说，"人必生活着，爱才有所附丽"，我建议这个女孩子，"人必生活着，创作才有所附丽"。身为编辑，不能轻易打击作者的热情，虽然她现在拿出来的作品幼稚可笑，但这跟她所处的闭塞环境和缺失的教育有关，也许她的才华被贫困遮蔽了呢？谁敢说她的"莽林"价值寥寥，只能有麻雀和荒树杂草？

还有个女孩子，跑到编辑部来，我们是大办公室，所有的同事都在一起办公，女孩子进门的时候，主编还在犹豫着让谁来接待，结果她点名要跟我谈谈。其他编辑脸上顿时露出笑容。

她坐在我对面，侃侃而谈。自诩才华横溢，但恨世人有眼不识金镶玉。她的写作是对中国文学的恩赐，或者加持。在她的身后，其他编辑偶尔扭头看她一眼，再冲我笑笑。她把一个短篇小说留给我，问我啥时候给她回信。我说一周吧，我会给你写信的。她说不用，一周后她再来找我。

她离开编辑部后，我对主编说，应该给编辑们增加工资，多发一份精神折磨费。

主编说不能，反而要跟你们要钱，要不是这份工作，

120

你们能接触到这样形形色色的人吗？

她的小说和她的人一样，自说自话，既无逻辑，又无常识。我怕她再来，立刻写了封短信退稿。两天后她打电话到编辑部，说她的小说拿到哪哪哪，立刻就能发表出来。我说好啊，你给他们吧。最后她气恨恨地对我说："你错过的是萧红和张爱玲。"

还有个大学男老师，也经常来编辑部找我。他写小说速度奇快，这一周的小说我才刚读完，还没来得及退，新的小说又摆在我桌上了。他写小说就像写日记：吃饭，吃的是什么饭；穿衣，穿的是什么衣；睡觉，几点睡的，是一下子睡着还是躺在床上想了会事儿然后才睡，他是不是做了梦，梦见了什么。

每次来送稿子，他都要坐一个多小时，给我讲他的人生经历。他小时候父母双亡，穷到吃不上饭，流浪街头，还要养活妹妹。后来他居然还考上了很好的大学，大学毕业留校。

这些听上去最扯的事情，后来经过他亲戚的验证，居然都是真的。

再后来，他突然不来了。我很庆幸，猜测他突然想通了，不再写作了，也或者他找到了别的杂志社，去折磨别

121

的编辑了。但半年后听说，他过世了。癌症。从检查出来到过世，还不到三个月。

我一时有些回不过神来，再想起他小说里写的吃喝拉撒，以及他讲给我听的鸡毛蒜皮，这些寻常事组合在一起，不就是他的一生？他其实拉着我一直在他的"莽林"里转悠，那些在我眼里毫无价值的风景，对他而言，是人世间的花园。他的愚痴忽然就有了深意。

3

哥伦比亚作家马尔克斯在一篇名叫《圣女》的散文中提到一个叫马格里托·杜阿尔特的男人。他原本是个很普通的市民，18岁时，与一个美貌的姑娘结婚。没过多久，那姑娘就在生第一个女儿时撒手人寰。他们的女儿长得比母亲还要美丽，但是7岁时也患严重的热病死去了。11年后，由于一个迁移计划，马格里托·杜阿尔特和其他居民一样，必须把亲人的遗骨挖出来迁到新墓地去，奇迹出现了，马格里托·杜阿尔特的妻子已成为黄土，但他女儿的尸体却完好无损，打开棺木时，人们居然闻到了随葬的鲜玫瑰花的香味儿，更令人惊异的是，那女孩子的尸体非常轻。这事儿引起了巨大轰动，连当地教区的主教也认为这样的奇迹应该提请罗马教廷裁决，于是，大家搞了一次募捐活动，资助马格里托·杜阿尔特前往罗马为这桩神圣的事业去奋斗。

马格里托·杜阿尔特上路了。他在接下来的 22 年里，带着装有女儿遗体的箱子在罗马四处奔走，五位教皇先后死去，他却仍然在等待。

有时候我会揣摩一下马格里托·杜阿尔特的内心想法。一个平庸的男人，对生活没什么野心，娶了美貌妻子，走了桃花运。但桃花开得快，谢得也快。妻子女儿相继过世，他又回到了平庸生活中。他的生活会寂寞些，但未必不是他想要的。他还可以再娶个寻常的妻子，过安生的日子。但他的命运再次被迁棺事件逆转，他是个普通人，但注定要成为某种容器，盛载传奇。

22 年的时间啊，他带着一个箱子，奔走在见教皇的路上。漫长的等待，经历了五位教皇。

马格里托·杜阿尔特是多么适合当作家啊。他可以为他的美艳妻子写本小说，为他的女儿又可以写本小说。但这两本都是热身之作。真正的作品应该从他提着箱子上路开始。他经历了多少事啊：五位教皇哪个都可以写，为什么他们不见他；他的行程、住的旅店也可以写，写一本"在路上"；他还有很多艳遇可以写，去餐馆吃饭，去酒吧喝一杯，他的身边有形形色色的人，不管他是什么性格，一旦他的故事讲出来，会有多么强大的吸引力啊，肯定会有很多女性，被同情和猎奇捕获，跟他回房间去看那个"神迹"，顺便抚慰下他的寂寞。所有这些，他甚至不需要虚构和想象，原封不动地写出来，就能成为好作品。

但他没有——如果马格里托·杜阿尔特这个人真实存在的话——他把他的故事讲给了一个作家听。马尔克斯从来不缺故事，南美大地的故事和草木一样丰茂。这么生动的故事在马尔克斯的作品里面只占一小页。

4

小学的时候，我上学的校园建在一个山坡上，校园后面是树林和荒野。有人说那个地方新中国成立前曾经有过一场很大的战役，死了不少人，就埋在荒野里。有些冬日的下午，天黑得早，下午三四点钟，教室里面开始变得昏暗。有人说能见到树林边有荧荧绿光，还有人说能看见鬼影在飘，满教室的孩子，外表强作镇定，内心慌成一团。但鬼故事和吃辣一样，越怕越想讲，越辣越要吃。

小学时候看的第一个恐怖片是《画皮》。这部电影是1969年拍好的，1979年在内地公映，是内地最早引进的香港电影之一。1979年，"文革"刚结束没多久，在习惯了样板戏的观众眼里，这部电影引起的震撼不亚于山崩海啸。没有几个人见过鬼，但我们都相信鬼是存在的，而且就是电影里的那副鬼样子。据说全国范围有20人左右在看这部电影时因为过于入戏而受惊吓身亡。这部电影也因此提前结束了全国公映。

看完电影的当天夜里，我失眠了。我盯着窗帘，在夏日夜晚，随着风不时摆动，我确定在下一分钟，在下一秒钟，窗帘里就会闪出个鬼来。

又过了很多年，国人才渐渐习惯了鬼片。《聊斋志异》里面的很多故事被反复拍摄，《白蛇》之类的神话故事也被多重视角演绎，剧情越变越离奇，特技越来越花哨，但越来越不吓人，更别说吓死人了。

初中的时候，班上有个女同学，初一的时候，回回考试考第一。但上了初二，她变成了另外一个人。长长头发被剪短了。老师讲课的时候她不再是那个随着老师转动的向日葵了，她低头在本子上画画，画得极其疯狂。老师批评她的时候，她仰脸嘻嘻一笑。

再后来连学也不上了。我们几个同学找了个星期天去看她。发现她的家离学校很远，要走一个多小时，其中很长一段是僻静的野路，几乎没有人影，冬天上学放学，天都是黑的，她一个小女生，是怎么独自走来走去的？

到了她的家里，我们几乎认不出她了，她的头发更短了，眼神迷乱，被绑在一棵树上——她妈妈跟我们解释：她疯了，如果不绑，不是打人就是砸东西。她妈妈一边叹息一边拿了些瓜果给我们吃。我们看着同学，既心疼又恐惧，不知道如何是好。她不再是那个学习成绩好，总被老师表扬的学霸了，变成了一只困兽，被捆绑着。

离开她家的时候，碰上她家邻居，神秘兮兮地告诉我们：她爸爸是工程队的队长，带人在山里干活时打死了一只黄鼠狼。黄鼠狼来报仇，她爸爸阳气重，近不了身，就找到他女儿身上了。

回来的路上我们全体沉默。山野丛林，荒芜和寂静都让我们敬畏，更别提那里面可能隐藏着的东西了。不知道是不是因为高度紧张，那段路在记忆里刻得特别深，路是土路，但压得很实，路面上有两道明显的车辙，路的一边是田野，草长疯了，比我们的身高矮不了多少，淡紫色的野菊花东一簇西一簇的，田野的那边是连绵的山，山不高，像奔跑的马群，一直向前延伸着；路的另外一侧是荒野，再过去是两条火车铁轨，像一个等号被拉成了无限长。铁路傍着一条河，河水有时在铁轨的左边，有时在右边，有时从水泥桥下穿过，铁轨则从桥上铺过去。

我们的情感很复杂，有恐惧，对黄鼠狼，对原野，对所有我们看不到的我们不了解的事物，但抛除这些，还有一种新的、以前从未有过，或者说至少没有这么清晰过的情感出现在那个下午——忧愁。

5

为什么写作？

这是作家们经常被问到的问题之一。

"莽林"是一个理由。主动走进"莽林"，或者被骗进来，其实没什么分别。一旦进入精神世界，追寻真相、意义、价值、阐释，就没人能全身而退。就像金庸武侠小说里的英雄帖，任谁接了帖子，都是有去无回。大家惊恐异常，以为是什么巨大、了不起的势力让这些人回不来，后来才发现，是那个岛上的武功太迷人，所有见到的人，都流连忘返，不想回去。谁都渴望着能以自己的理解方式诠释世界，从这个意义上，谁都可能成为武林霸主、世界的君王。

进入"莽林"，还有误打误撞误导的成分。手拎"箱子"的人，则是天选之子，是命中注定。他被从家里，从日常中赶出来，拎着"箱子"上路。他在路上奔走、漂泊的心是惶惑的，是忧愁的，但"箱子"里的使命让他持续走下去。他要完成的是"神迹"，他甚至不需要知道原因和理由。而最终——也是最好的——他会发现，他因为"神迹"而上路，在路上发生的那些故事，就是"神迹"本身。

一个人的草原

1

鄂尔多斯，以前"经过"一次。从乌鲁木齐开车去成吉思汗陵，在城市边儿上绕了个弧形。城市在大多数人印象中多是幽深的，楼房林立，水泥钢筋组成了森林，被灯光装饰过后，有种鬼魅的气息。人在城市里，是渺小平凡、顾影自怜的。草原上的城市与别处不同，也是钢筋水泥，建筑林立，但四周的草原如此广阔无边，城市显得孤零零的，像绿海中的方舟，或者载着外星来客的飞碟，它不让人有迷失感，但更魔幻。那时候的鄂尔多斯，新城刚建成，它像老城放出来的一个卫星，当时入住率极低，白天倒也罢了，夜里黑黢黢的，几点灯光忽闪着，恍若"鬼城"。媒体把照片发出来，一时被广为诟病。几年过去，新城人口增加了不少，夜里灯光成片地亮起来，远看宛如夜海中波光粼粼。

蒙古族人的审美让人心悦诚服，衣食住行，都可圈可点。蒙古族人住的蒙古包，游牧时散落在大草原里，离远了看，就像一把珠子散落在绿色大海里。或者说，是朵朵白莲花盛开在草原上。美则美矣，但游牧民族的生活，看着浪漫，其中的艰辛酸楚，很难与外人道。游客们通常站着说话不腰疼，动不动要求"原汁原味"，"原汁原味"意味着，日新月异的科技成果、文化成果，跟原住民是没关系的。仅仅为了满足游客们的那点儿猎奇心理，而生活在一成不变的汁里味里，凭什么？

我们这次入住的酒店在城区边儿上，酒店楼层不高，满眼绿色。晚上吃饭，有来自各地的朋友，也有当地的主人。当地人爱穿民族服装。蒙古袍子无论华丽朴实，都有种潇洒劲儿，扎上宽宽的腰带，配上靴子帽子，男人女人都俊朗帅气。

吃饭的时候，有人问我，看到白马了吗？

我的脑袋里迅速回放从机场到酒店这段路程，公路像一个音符出现在草原上，几乎没什么车辆，一"车"平川，汽车能开出韵律感。草原上有几匹马，也有几群羊，松松散散地吃着草，但我不确定。

他们强调，不是马群里的马，是一匹独来独往的白马。还强调，每个草原都有这样一匹白马，是神马。能见到白马，是吉祥的象征。

我立刻神往起来。原来以为白马好看，脱俗，骑它的不是唐僧就是王子，现在才知道，没有人敢骑、没有人能骑的白马才是最牛、最仙的。它奔跑在草原，就像鱼儿在水里游，鸟儿在天上飞。形容时间很快的那句"白驹过隙"，在这里有了特别的意义，白马在我们面前飞奔的一瞬间：神迹降临，幸运将至。

白马只是一个小插曲。话题很快转到成吉思汗身上。成吉思汗是草原人永远的话题，外地来的人谈成吉思汗，就像法国人绕不开拿破仑；蒙古族人谈成吉思汗，仿佛人人都是他的嫡孙，他们为这位祖先骄傲，他的荣光直到现在还照耀着草原。草原上流传的故事，很少有能绕过成吉思汗的。

比如说，鄂尔多斯这个名字的由来。

当年蒙古攻打西夏国，成吉思汗途经这里，坐骑被野驴惊到，把他从马上掀翻在地。也有另外一种说法是成吉思汗途经这里时，掉了手里的马鞭。这个细节很有意思，成吉思汗出兵，阵仗不可谓不大，前呼后拥，左右护持，金戈铁马，气吞万里如虎，方圆数里的动物只恨不能脚踏风轮，背生双翼，避之唯恐不及，结果野驴却偏偏迎着军队而去，并且那么赶巧，又偏偏冲撞了至高无上的成吉思汗？相比之下，掉了马鞭，似乎更合理。长路漫漫，骑在马上难免昏昏欲睡，一时掉了马鞭也是常态。

但传说还是更倾向于野驴冲撞。可能冲撞更有戏剧性、更有火花吧。

总而言之，成吉思汗认真打量起周围来，发现这里水草丰美，"花角金鹿栖息之所，戴胜鸟儿育雏之乡，衰落王朝振兴之地，白发老翁享乐之邦"。他嘱咐随行的侍从，"我死后可葬于此。"

前面几句话倒还客观，有随意应酬的意思，但后面这一句话，太重了。成吉思汗征战四方，丰功伟绩，把自己打成了战神，他把自己的身后事托付给了这片土地，相当于天神下凡。

成吉思汗死后，遵守他的遗愿，在鄂尔多斯建立了

"成吉思汗陵"，500户"达尔扈特"人，子子孙孙担负着守护陵墓的责任，虽然守的是陵墓，但他们的坚定执着只怕不输于成吉思汗生前的那些卫士。

成吉思汗的金身到底葬在哪儿，众说纷纭。蒙古族人的殡葬传统是"不留痕迹"，普通人死后，放到马车上，由一匹马拉着走上几天，天苍苍，野茫茫，尸体中途流落在哪里，哪里就是坟墓。从哪里来，回到哪里去。对于亲人而言，逝去的人仍在草原，也是情感和心理上的安慰。如果马过几天回到家里，马车上尸体还在，这才是大大不吉利。

成吉思汗的后事当然不会这么简单处理，但战争期间运送尸体，无论是在战场还是广阔的草原，也并非易事。关于未来，草原人相信"转世"之说，也因此，他们觉得人死后，吸了死者一口气，令灵魂依附上去的驼毛比金身更重要。祭奠先人，祭奠的是灵魂而不是尸骨。灵魂不断轮回，肉身不过是灵魂的旅馆，人生如寄。

所以最终被送到鄂尔多斯供奉在成吉思汗陵的，是吸了成吉思汗的最后一口气——他的灵魂——的驼毛。

成吉思汗的灵魂在鄂尔多斯。

鄂尔多斯没法不以此为傲。有一句古话说，三寸气在千般用。用在鄂尔多斯，再合适不过。

成吉思汗，千年一遇的军事天才，先是统一了蒙古各部，建立了蒙古帝国，然后带领着蒙古将士们，像脱缰的烈马，在欧亚大陆上横冲直撞，攻城略地，所向披靡，他打下来的疆域之广阔，可谓前无古人，后无来者。如果给他足够的时间，把欧亚大陆统一成为一个国家，也是有可能的。那真是普天之下，莫非王土了。

成吉思汗也确实这么幻想过，但对于时间却无能为力。他专门派使团把长春真人丘处机请到行宫来见面，请教长生之术。丘处机直言相告："没有长生之术，只有养生之道。"这个答案是成吉思汗不愿意听到的，但他对丘处机的坦率直陈还是欣赏的，总比江湖术士为了讨他一时高兴骗他好。成吉思汗以及他的后代帝王子孙们一直善待道教文化，金庸写武侠小说时，把这些史料经过文学加工，缀补进小说里面。蒙古地域广大，铁血丹心，是出英雄和侠客的地方，《射雕英雄传》写到成吉思汗，既有致敬，也有客观分析。

成吉思汗带领子民四处征伐，蒙古军队变成了世界上最强悍无比的存在，在他们狂风暴雨、势如破竹的挺进之下，在蒙古烈马马蹄铮铮之中，文明世界摇摇欲坠。世界版图被改写，欧洲的历史进程被影响。

成吉思汗的孙子忽必烈定都大都，建立了中国的元朝，传五世十一帝，历时98年。这份伟业，着实傲人。

和我们一起吃饭的蒙古族朋友，他们坚信鄂尔多斯是世界上最好的地方，"成吉思汗在这里哩"，他们对成吉思汗一度打下了3500万平方公里国土的光辉岁月无比怀念，说外国来的将军，在成吉思汗的塑像前脱帽致军礼。这跟外交无关，是军人对军人的仰慕和钦佩。成吉思汗的灵魂还在，这一口气让蒙古族人夜夜梦回：世界匍匐在马蹄前、马鞭下，唯有马背上的蒙古族人能仰望苍天，与星辰对话。

文明世界一直以新生产方式、礼仪文化、社会秩序系统沾沾自喜，加上自得自傲，一直把边远地区的生民看成蛮夷。蛮夷因为贫穷和落后，一直被踩在底层，蒙古人的逆袭是空前的，滚地雷形成了沙尘暴，他们的进攻是全覆盖式的横扫，欧洲小国的水晶城堡变成了马蹄下的玻璃弹珠。

强者总是有话说，蒙古人认为自己的侵略和攻占，是与世界开展了一次"最广大而开放的一次握手"，他们的怀抱倒是敞开了，但不知道蒙古人是不是曾经换位考虑过，那些"被握手"的国家以及民众，在这次"最广大而开放的一次握手"中，是怎么样的形态？

卡夫卡曾经写过一个很短的短篇小说，描写了欧洲小国当年在游牧人入侵之后的状态：依照自己的习性，他们都露宿在户外，对房子什么的讨厌极了。他们成天忙着要么磨刀，要么削箭，要么练习骑马，把我们这块平时安安静静、小心翼翼地保持着清洁卫生的广场，变成了一个真正的马厩。有几回，我们也从店里跑出去，试图至少把最令人恶心的粪便垃圾清扫掉，可后来这样的尝试越来越少，因为不但白花力气，而且我们还冒着被野马踏伤和遭皮鞭抽打的危险。……和游牧人交谈是不可能的，他们不懂我们的语言，本身又几乎没有自己的语言，他们相互打起交道来就像一群野鸟，只听见他们不断发出野鸟似的聒噪声。——游牧人从四面八方向它冲去，用牙齿从它温暖的身体上一块一块撕肉吃，直等喧嚣声平息了老半天，我才大起胆子走出门去，只见游牧人全都困倦地躺在公牛的尸骸周围睡着了，活像一群睡在酒桶周围的醉鬼。

欧洲小国的骨头被游牧人的强悍握碎了，难免龇牙咧嘴，他们小心翼翼地观察着游牧人。游牧人未必会注意或者说关心他们的所思所想，但陌生的国度，新鲜的文明，先进的文化对蒙古族人的影响是深远的，他们开阔了眼界，看到花花世界，学习了很多东西，极大地提升和丰富了本民族的文化水准和文明程度。而元朝建立的一百多年来，他们更是与中原文明不断地交融、浸润、沉潜。蒙古人对文化的重视，超过了很多其他的民族。

在鄂尔多斯，还有一件放在任何城市都堪称匪夷所思的事情，就是他们专门为一本书建造了一个博物馆。这本书就是《蒙古秘史》。这本书从写作之初，就具备了传奇性，它是用汉字按蒙古语语音写作的一本书，就是说，看的话，蒙古人看不懂，汉族人看得莫名其妙；但这本书念出来的话，汉族人念得出来，却不解其意，能听懂的是蒙古人。后来当然是有了蒙古文版和汉文版。

在这个一本书为中心思想的博物馆里，存在着各种版本的《蒙古秘史》：有银制手工阳刻版，镶嵌在檀木框内；有单面雕在牛皮上的版本；还有刻在690根骆驼小腿骨，并以纯银镶嵌两端的版本；鄂托克72位牧民花费一年多的时间用丝绸绣制的一个刺绣版；景德镇的陶瓷共有两种，一种是66根仿元青花手工阳刻圆柱瓷柱（66是成吉思汗的寿数，青花瓷是元朝时兴起的），一种是用185块高档瓷泥经过三次烧制制作出来的瓷盘（最早的《蒙古秘史》页码是185页），18K纯金镶边，底座选用非洲进口黑檀木手工雕成。博物馆墙壁上挂着中蒙画家依照书里的内容共同画的油画。

《蒙古秘史》作为一本书，能享受如此厚待礼遇，说到底还是内容为王，这本书是蒙古族第一部书面著作，记载了成吉思汗的先祖谱系以及他本人一生的业绩。还是那句话，蒙古草原的传奇都是属于成吉思汗的，哪怕后来建立、延续了元朝的诸位帝王，也完全无法跟成吉思汗相提并论，清王朝的著名帝王，康熙、雍正、乾隆、嘉庆，可以数出好几位，但不像成吉思汗那样一骑绝尘。而成吉思汗确实也担得起这份殊荣，他不仅是两千年来影响世界最重要的人物之一，在千年更迭之际，美国的《时代》杂志评选"对本千年10个影响最大的人物"时，成吉思汗也荣膺榜首。

草原离不开成吉思汗。成吉思汗就像那匹白马，带着神性奔跑在草原。他是祖先，是传奇，也是象征。那些曾经拥有的荣光，在失去了具体所指物之后，并未变得黯淡，蒙古族人不断地往里面添柴，让火越烧越旺，让火光照耀历史，也照亮天空。

　　曾经，没有成吉思汗的草原是寂寞的；如今，没有成吉思汗的草原是无法想象的。

中年和黑皮诺

1

我想说的不是电影。

虽然我一直在说这个电影。

2

这部电影第一次看就很喜欢。两个男主角长得挺丑的，不是那种丑帅，是真的丑。麦尔斯土肥圆加谢顶，眼睛又圆又大，有点儿像有络腮胡子的天线宝宝；18线明星杰克长得猿里猿气的，腻得滴油。他们都不年轻了，但言老尚早，刚刚步入中年。他们的婚姻状况也正好符合这个年龄段。结婚早的已经开始离了，挑挑拣拣、犹豫不定的正准备上车。

麦尔斯刚离婚一年，杰克泡了个有钱人家的小姐，一周后做新郎。

杰克结婚前一周，哥儿俩决定去加州寻开心。这次出行对麦尔斯而言，是品美酒、睡大觉、打高尔夫；对杰克来说，美酒、大觉、高尔夫以及其他一切，都是障眼法，他的兴趣只有一个：猎艳！

麦尔斯为这次出行激动不已。他还带了酒准备庆贺——珍藏的一款1992年的黑皮诺——却被不识货不懂酒的杰克在他刚开车上路的时候就不由分说地打开了。不是合适的时间和地点，没有冰镇过，没有合适的配菜。麦尔斯心疼不已，跟杰克科普：他们正在喝的这瓶酒，是百分之百用加州葡萄酿的黑皮诺，现在已经不生产了。

杰克这种人，身体里面只涌动荷尔蒙。

他理直气壮地问麦尔斯："黑皮诺，为什么酒液是白的？"

麦尔斯的白眼差点儿翻上天："千万别在葡萄酒产区说这种话，他们会以为你是弱智，红葡萄酒的颜色来自葡萄皮，这个酒的葡萄汁不一样，是自然流出的，不是挤压的，在发酵的时候不会接触到葡萄皮，所以是香槟色。"

他们到了加州。麦尔斯一路盯着酒，一个酒庄接着一个酒庄地品酒，恨不能把鼻子塞进高脚杯，把舌头浸在红酒里；杰克寻找着猎物，眼神缭乱，饥渴难耐，魂不守舍。麦尔斯尽管生活不如意，但他的内心是高大上的，讲究品质和品位，而所有这些，都落实在他对红酒的判断上；杰克对酒不只是不懂，也缺乏尊重——品酒的时候居然嘴里还嚼着口香糖，让麦尔斯大为震惊——他要的都是快餐式的享受和快乐。

他们遇到的第一个想泡的女人是玛雅。她在餐馆里当服务员，对杰克的殷勤完全无感，倒是对以前就认识的麦尔斯很关注。但麦尔斯沉浸在挽回自己婚姻的幻想中，对前妻以外的女人毫无兴趣。杰克不得已告诉他真相：前妻早就再婚了，她也会来参加他的婚礼。

麦尔斯气疯了。婚姻虽然失败，但他把自己和前妻间的裂隙想成了误解。一旦有转机——比如说他的小说能出版——婚姻会修补好，他也会重返幸福。这与其说是他的幻想，不如说是他的这种思维模式，让观众明白何以他的婚姻会失败。

杰克想泡的第二个女人是丝黛芬妮，一个小酒庄的老板。韩裔，单眼皮、单身加单亲妈妈。她酒庄里出产的酒远不如她的小蛮腰有魅力。杰克买了她的酒，让她又约上玛雅，来个四人约会。

四个并不熟悉的熟男熟女约会约得中规中矩。玛雅关注着麦尔斯，麦尔斯关注着酒，如果硬要加的话，还有他得知前妻再婚的失落感。杰克一边泡丝黛芬妮，一边盯着麦尔斯，唯恐他惹出乱子来搅扰了这个艳遇之夜。丝黛芬妮心思单纯，约会就是约会。

饭后他们去了丝黛芬妮家。杰克和丝黛芬妮去卧室，麦尔斯和玛雅在客厅喝酒聊天。在红酒之乡，两个都懂酒的人，不聊红酒还能聊什么呢？红酒是那么适合隐喻。

这是麦尔斯和玛雅的独处时间，之前他们身边一直有这样那样的人。麦尔斯虽尚需通过出版作品来加持自己的作家身份，但清高孤傲是实打实的，他对玛雅一直保持着敬而远之的蔑视。他知道她：结过婚，嫁得很风光，后来又离婚。原因不详。他把她等同于普通女人，没有什么自我，更谈不上有灵魂。在玛雅递过来橄榄枝时，他没有兴趣伸手，尽管她年龄合适，容貌姣好，风度动人。

独处让玛雅有了反击的机会。红酒是她的武器。她对红酒的品读比麦尔斯更精准，她对红酒的认知和态度比麦尔斯更果断、更务实，她并不仅仅是个离了婚的、在餐馆里当服务员的女人，她离婚是因为对婚姻有更高的要求，她当服务员打工赚钱，用来支付自己正在攻读植物学硕士的费用——她带给麦尔斯的意外和震惊一波接一波，她对他最后的一记暴击是扔给他的问题。

"我能问你一个私人问题吗？"

"当然可以。"

"你为什么那么喜欢黑皮诺？我是说，就好像你的一个特征一样？"

麦尔斯起初以为玛雅是在跟他调笑，他笑了，但玛雅没有。麦尔斯也笑不下去了。对于爱酒且懂酒的两个人而言，这是一个好得不能再好的问题，也是一个严肃的问题。

于是麦尔斯像接受入职质询一样认真地回答："首先，生产黑皮诺的葡萄很难种植，皮薄，需要持久的关心和照料，它只能生长在那些极特别的地方，世界很少的几个角落，只有最耐心、最精心的种植者，才能种它，只有那些真正愿意花时间的人，真正理解皮诺潜力的人，才能引导它进入全盛阶段，哦，它的香味儿，是最持久最辉煌的，最震撼最微妙的，最古老的——"

3

想说说玛雅这个人设。

她是四个人里面最成熟、理智的，她和麦尔斯独处时的一切，都是由她主导的。她对他有兴趣，也懂得怎么激发出他对自己的兴趣。

几个回合后，她达到了目的，麦尔斯确实对她刮目相看，她像一朵白云挤走了他情感上空长期盘桓的阴霾，他整个人都变得晴朗了。他渴望自己的小说能出版，比任何时候更强烈，不是为了修复婚姻，而是想增加自己在玛雅心目中的分量。

麦尔斯的这条心理线是没问题的。疑惑出在玛雅身上。玛雅是这样一个独立、有思想的人设，能嫁入豪门也有离开的勇气，能上得厅堂努力学习深造，也能下得厨房在餐馆里打工赚家用。她性情温顺，善解人意，更加分的是，还很漂亮。这样一个接近完美的熟女，用得着一见麦尔斯的面就流露出欣喜，想要继续走近吗？为了博他关注，还要寻找几个合适的话头？如果他们曾经青梅竹马，有过恋情倒也是另外一说，只是普通的认识，久别重逢，就能让玛雅这样的女人如此主动？

编剧和导演是怎么想的？

再往大了点儿说，社会是怎么想的？

奥斯汀说，有钱的单身汉都需要个老婆。这话充满了世俗算计。那这个电影的编剧、导演又是怎么想的呢？中年女人不管多优秀，总还得找个男人！哪怕是麦尔斯这样的男人：其貌不扬，没什么名利地位，脾气也不好，还自命清高，还有酗酒的毛病。当然，麦尔斯有优点，他不滥情，没有对玛雅撒谎，杰克落难的时候他讲义气。虽然他经常喝多，但他毕竟是个作家，看人看事他是清醒的。杰克鼓励他跟玛雅发展的时候，他说，作为男人，没有钱，就没有游戏的资格；当杰克昏了头，认为自己爱上了丝黛芬妮，愿意为了她推迟婚礼的时候，他冷冷地看着杰克说：你愿意为了一个倒酒的女人放弃一切？

中年男人的特性在麦尔斯身上很集中。聪明而世故，什么都明白。他的绝望也源于此。他知道他必须成功才能拥有爱情、婚姻、幸福。玛雅只是个服务员的时候，他对她是冷淡的，不正眼看的。他只要有品质的东西，无论现实还是情感。

玛雅对麦尔斯的耐心、体谅、主动、将就，跟她自强自立的个性，虽然不能说违和，但也绝对不是严丝合缝的。这样的女人在酒乡，在大学，怎么会没有追求者？

和麦尔斯、玛雅这两个成熟的男女相比，杰克和丝黛芬妮年龄虽跟他们相仿，却是两个青少年。他们相信一见钟情，天雷地火，在爱情和性的刺激下，一个什么都敢讲，一个什么都相信。浪漫、激情、疯狂，甚至梦幻，杰克想要的快餐式爱情，全都被满足了。但这种爱情像夏日的雨，来得疾去得也快。杰克虽然嘴上说，想推迟婚礼，重新考虑婚姻，人生短暂，遭遇真爱，吧啦吧啦一大堆，但内心里，他自己也知道他不会放弃荣华富贵，他把这一嘟噜废话讲出来招麦尔斯的讽刺和骂，都是故意的，以显示自己还有点儿真心，并非全都是逢场作戏。他骗丝黛芬妮，骗麦尔斯，骗自己，骗得温情脉脉，骗得认认真真，骗得恬不知耻。事实上，他刚被丝黛芬妮暴揍，几个小时后在餐馆就能搭上一个土肥圆服务员。他的无耻是常年累积的，到了中年，已经非常资深，随时随地都能冒出芽来，抓紧一切机会苗壮成长。

四个人里面，最单纯的是丝黛芬妮。杰克的谎言，她都信，发现被欺骗时，她的方法直截了当：用摩托车头盔痛殴渣男，连麦尔斯一起骂。丝黛芬妮是真性情，爱得投入，恨得爽利。她对人的辨识能力差到获得爱情和幸福的概率完全取决于运气。她这样的性格，做酒庄也不会生产出佳酿。她酒庄出产的酒，"可以一饮而尽，但跟卓越没什么关系"，哪怕是得过奖的品种，在懂酒的麦尔斯看来，也是"空洞，松弛，熟过头"。

4

这个电影不会有很多人喜欢，太小众，也太心理化了。喜欢红酒的人可以把这部电影当成加州红酒的宣传片看。事实上，如果从这个角度看的话，这部电影相当高级。

红酒酿好后需要装进橡木桶陈化、转变。如果说刚酿好的红酒是青春期，那经过陈化、转变后，装瓶的红酒岂不正是人到中年？沉淀的东西多了，酒的颜色和味道也变得深沉了。

"我喜欢沉思酒的人生，生命是多么神奇；我喜欢去想，当葡萄生长时，阳光如何照耀；我喜欢看酒不断地改变，今天打开的一瓶尝起来和任何其他的都不同，因为一瓶酒也有生命，随时在改变，变得更深沉。"

这部电影的英文名字《Sideways》，被译成中文的《杯酒人生》，神来之笔，化腐朽为神奇。

在这部电影里，酒不是错误的通行证，不是搞笑的酵母，也不是颓废、绝望的拐杖，酒有生命，有情感，酒是这部影片的主角，在意义和价值层面上，比四个主角加起来还要大。

在影片的最后，杰克结束了艳遇，娶了富家女，做了豪门的乘龙快婿。他在婚礼上冲麦尔斯意味深长地一笑，他的渣还会继续，从资深到极致。麦尔斯看到前妻，她过得幸福安宁，他离开婚礼现场，在快餐店里把自己珍藏的酒喝掉了。

没有仪式，没有惊喜，没有祝贺。花开堪折直须折，酒当喝时尽管喝。每个时刻自有其意义。

麦尔斯回归到寂寞的日常，一段时间后，他在酒乡的诚实得到了回报，玛雅读完了他的小说，给了他鼓励和慰藉，也给了他回去找她的勇气。

加州的葡萄仍旧在枝头，白天阳光曝晒，夜里海风吹凉，它们是佳酿的缘起——

众生

宋惠玲

宋惠玲是在河里淹死的，那一年她 14 岁。那条河在我童年的记忆里淹没了不少生命，矿长的小儿子也葬身其中。我从未见过那个据说是很文雅、有礼貌、相貌周正的少年。他的尸体从河边抬回来的时候，他的妈妈抚尸痛哭，对上前来安慰自己的、有点儿痴傻的大儿子说道："为什么死的不是你？"这句话后来传诵极广，当人们形容丧子母亲的悲伤，或者表达对矿长大儿子智力的轻视时，都会把这句话搬出来。

虽然都是溺亡，但宋惠玲坠入河中的理由却和大家不同，这也是日后她成为英雄人物的原因。她的一本毛主席语录掉进了河里。

很多插图和版画都再现了宋惠玲打捞这本书时的情景——河水的波浪画得比海浪还要高，宋惠玲一只手紧紧抓着书，劈波斩浪的动作看上去分外矫健，表情也非常坚毅，那不是一个濒死者的表情，而是草原英雄小姐妹手握羊鞭与大风雪战斗（好几本小人书里，宋惠玲的故事都和她们的并列编在一起），并且获得最后胜利的表情。

我和伙伴们经常去河边玩，她们最初说起宋惠玲的时候，我无法相信这是真的，英雄人物都是光芒万丈的，怎么可能这么轻易地在我们身边就出现一个呢？但小人书是真的，时间、地点、姓名都对，让人无法质疑。有一次我还被伙伴们拉进河边的一个树林，柳树长得弯弯曲曲的，枝条披头散发的。在一个石头堆前，有人凑近我的耳边说道："这就是宋惠玲的坟。"我掉头就跑，宋惠玲在那个时刻丧失了英雄的形象，变成了游出水面回到人间的女鬼，摇曳的柳树枝是她的头发和手臂，为了躲避这些柔软的纠缠，我差一点儿跳到河里去。

不管宋惠玲，也不管有多少人死去，我们还是经常去河边，20 世纪 70 年代的童年是很难绕过河边的。

我反复猜想："就算她爱毛主席，也不能为了一本书跳进河里连命都不要了啊。书可以再买啊。"我自己是绝对不会为一本书跳进河里的，毛主席远在北京，而河水很近，对眼前河水的恐惧当然要比别的来得强烈。我的疑问后来得到了答案。

"那本书里夹了五斤粮票。宋惠玲怕回家挨爸爸的打，才跳进河里去追语录的。"

"那宋惠玲怎么还成了英雄呢?"我问。

"那些人不知道书里有粮票的事儿呗。"

王长荣

小时候我生活的地方由三个部分组成，一个国营大煤矿、一个国营钢铁企业以及一个镇子。煤矿和钢企的工人是响应国家的号召，从各地迁移过去的，那时候我还不到 4 岁，"文化大革命"进行到中期。

在流行光荣榜和大红花的年代，我的个头儿一直都很矮，对戴着红花的人物，必须是仰视才能见到。在光荣榜上面，王长荣头上顶着矿灯，脖子上系着白毛巾，身上穿着工作服，他的照片占据光荣榜最中心的位置，比其他劳动模范的照片要大上一倍，胸前的红花也比别人的大出很多。

每天上学放学，我都要从王长荣的照片前面经过，抬头或者不抬头，他都在那儿，微笑着注视我，久而久之，对这个从未见过面的人，好像熟悉得不得了。

如同他的名字一样，王长荣二十年来始终是光荣榜上的常青树。他是全国劳动模范，偶尔到北京开会，领导们都会一脸笑容地接待他。每次开会回来，王长荣下了火车便直奔井口，换了衣服下井，在掌子面上工作十几个小时以后再回家。他虽然经常出去开会参加活动，但工作仍然比普通工人干得多，劳模是当之无愧的。

煤矿里经常出或死或伤的事故，工人们到了几百米有时甚至是上千米深的地下，就像飞到几千米高空的飞机上的乘客一样，"听天由命"的分量变得格外的重，作为名人的王长荣在我的记忆里，似乎与灾难从来没搭上过关系。虽然他也和其他的矿工一样在暗无天日的地方工作，但他的身上好像有一层无形的盔甲，让他总能躲避开灾难。

在我长大以后，看到媒体大肆宣扬某个模范人物时，脑子里就会有个弹簧那么一弹，王长荣像乘着升降机从井底下上来一样，以光荣榜上照片里面的样子出现在记忆里。徐虎、李淑丽以及其他著名的全国劳动模范也都能唤起我对王长荣的回忆。有一次我在《南方周末》上看到一篇深度报道，关注矿工长期在井下工作，得了矽肺却得不到治疗和赔偿的问题，我当时忍不住在心里计算了一下，王长荣在井下工作了一辈子，他肺里面会含有多少煤粉？

在计划经济时代，王长荣做了几十年的模范人物，他退休以后赶上市场经济时代，他的儿子承包了煤窑，当起了煤窑主，已经退休的王长荣是现成的技术指导。王长荣与煤的关系似乎具有特殊的魔力，那么多的私人煤窑，数他们家的煤窑煤质好，产量高，煤对王氏父子而言，是真正意义的"黑金"，几年之内，他们便拥有了几百万的家底，富甲一方。王家有了钱，跟着有了房子车子，不久，王长荣的儿子儿媳在一次车祸中丧生了。

王长荣再一次成为人们茶余饭后的谈资，在很多人看来，一个劳模，家里有那么多钱是很不正常的，所以才出了意外。

丁婶

丁叔丁婶是山东人，"闯关东"时从山东来到东北。没什么文化的丁叔当了一辈子矿工，在我的印象里，他的矿工服、安全帽，以及黑色的水靴，要么穿在他身上，要么清洗了以后搭在院子里晾干。丁叔老实巴交，我们两家做了好多年的邻居，我听他说过的话没超过10句。丁婶的话比丈夫多，但也远远算不上唠叨，一口山东腔。她个子不高，不胖不瘦，和大家一样留着齐耳短发，穿灰色的衣服，不好看也不难看，每天做饭洗衣服，为家里的三个孩子操心。

煤矿难免有矿难。每次传来井下出事故的消息，丁婶和其他矿工家属一样，拼命往山上的井口跑，那条路不短，要跑上很长时间，那也是生和死之间的距离，让人肝肠寸断。丁叔好几次都大难不死。有一次井下发生重大塌方事故，死了几十个人，只有他和另一个工人幸免于难。

丁婶除了照顾家庭，自己也有工作。她在洗煤厂当工人，几组工人轮转着工作和休息，上午 8 点，下午 4 点，夜里 12 点，是几组工人交接班的时间。女工并没有因为性别的关系而得到特别的照顾，她们和男人一样，经常半夜爬起来去上班，或者在深夜里下了班独自摸黑回家。洗煤厂离住宅区很远，其中有几段路特别的僻静。有一天夜里，丁婶在上夜班的路上被人奸污了。她回了家，把事情告诉了丁叔。丁叔既找不到凶手，也没有报警意识，他把所有的愤怒都发泄到了妻子的身上。都是她的错：贫穷、工作、黑夜、意外事件。他们吵架，甚至动手，闹得很厉害。邻居们半夜被吵醒，有热心肠儿的人过去劝架，事情就这么传出来了。

那一段时间大人们的态度很微妙，聊天不再是家长里短，散漫无边，大家不提强暴事件，更没有人提到丁婶的名字。大家谈论的焦点问题，是深夜通往洗煤厂的几条道路上，这些年来发生的其他事件，同样意外，同样黑暗，同样难以启齿，同样被当事人吞进肚里。

丁婶那段日子过得很艰难，但就像生活中的其他事情一样，后来，又发生了别的事件，丁婶身上发生的事情就变成了往事。

陈大夫

陈大夫脾气不好，待人接物有些酸气，但他是医院最好的儿科医生，没有之一。患者父母为了自己孩子的病，没有谁不奉承讨好他的。跟他好的那个女人是儿科护士，文静秀气，笑容比话语多。

陈大夫55岁就可以退休了。他们家的房子正好临街，是最热闹的地段，他开了一家个体诊所，女护士也跟随着他到诊所里当护士，那些得了病的小孩子全被带到了陈大夫的诊所里来，医院里的儿科变得清闲了。

陈大夫和女护士的工作方式，跟从前在医院里别无二致。他们的关系维系多年，早已经不是秘密。有她在身边，陈大夫说话和风细雨，偶尔和小朋友们开开玩笑。她从年轻到中年，细白皮肤，眉眼秀媚。病人多的时候她忙工作，病人少的时候，她坐在病床边儿上，织织毛衣，或者从陈大夫手里接了钱，出门买水果和零食。

一个医生和一个护士，一个男人和一个女人，他们每天在一起，配合得天衣无缝。

陈大夫的妻子也整天在诊所里忙碌。以前她是医院的药剂师，丈夫退休开门诊，需要护士，也需要她的扶持。诊所开在临街，中间有一个小院落，后面就是陈大夫家的房子。陈大夫的妻子前后里外地忙，诊所病人多时，她要助诊，开药，接待；病人少时，她要买菜洗衣做饭，还要照顾一个儿子。她好像是唯一一个不知道自己丈夫婚外情的人。每天中午陈大夫雷打不动的午睡时间里，她和护士在诊所里聊聊家常，说说闲话。

有一次我们在家里谈起何谓爱情，和往常一样，有人举陈大夫和女护士的关系当论据。前阵子陈大夫生病卧床了一段时间，诊所临时由陈大夫的妻子照看、打理，有一天中午，刚好送来一批药品，她和护士一起整理了一会儿药箱，午饭时间快到了，她把剩下的活儿交给护士，回到家里做饭。饭做好后摆上桌，陈大夫见饭桌边没有女护士，当即摔了筷子，拉下脸来，拍着桌子气势汹汹地对妻子强调："我还没死呢！"

他的妻子什么也没说，起身去前面诊所把护士找到后面来吃饭，她自己去整理剩下的几箱药品。

二哥

我和他妹妹是邻居、同学、朋友。他是她的二哥，我们也跟着叫二哥。

他们家两个男孩两个女孩，大哥很有大哥样儿，20世纪70年代末是汽车司机，80年代初又当了汽车队队长。那时候能手握方向盘开汽车是件很酷、很了不起的事情。大哥开着大汽车，威风得很。

二哥也很有二哥的样子，细瘦身材，白白净净，头发自来卷儿，像个读书人，或者艺术家。大哥在外面风风火火干事业，二哥在家里安静自处。

我们都知道二哥有病，但具体是什么病却搞不清楚。他很少出门就跟身体虚弱有关系。在我们当年的眼睛里，除了更好看、更秀气，他看上去跟别人没什么两样儿，他从未在公共场合倒下、昏厥，被人抬去医院。至少我没见过。

他只穿很好的衣服，有些质地不那么好的衣服会让他过敏。他戴的表也很好，不好的表也会让他过敏。还有很多其他的东西，空气、水、食物，他只能用最好的东西，坏的和旧的东西不能近他的身，会害他生病。我们对此唏嘘不已：这是什么富贵病啊？真的假的啊？他的病把他变成贾宝玉了，只能吃好的喝好的用好的。这种病我们也很想得。

他们的父亲是煤矿的党委书记，是最大的官儿；那时候煤矿的工资、福利也比一般的地方高出一大截儿，如果他生在普通人家，那可怎么办？

我几乎没注意到他是哪天死亡的。在此之前我知道他在谈恋爱，和一个清秀、苗条的姑娘。有天我们去他家的时候发现他们并肩坐着，没什么话，微笑着。他们互相对视的眼神儿就是所谓的"眉来眼去"。他的死亡好像没引起多少哭声，多年来，他的家人，还有邻居朋友，一直在等待着某个消息，这个消息终于来了。

大家都松了口气。

马小兵

马小兵是班里最爱出洋相的男生，喜欢模仿老师逗大家笑，打架时抢书包的动作像演杂技一样。他跑得快，开运动会的时候，1500米、800米、4×100米接力、4×50

米接力都有他，他逢跑必胜，得了好多奖品，杯子、毛巾、笔记本、圆珠笔，风光得不得了。

我们家和马小兵家隔着三个胡同，上学放学的时候经常会碰见。但男生女生很少说话，碰见了也像不认识。

有一天早晨从马小兵家里传出一件很离奇的事情，有小偷半夜溜进他们家偷东西，被他爸爸发现了，他爸爸没抓到小偷，反而被小偷用刀在身上划了二十六处皮肉伤。事情就跟长了腿似的，传得飞快，我上学时远远地朝马小兵家看，发现胡同口站着好几个探头探脑的女人，一脸神秘地咬着耳朵说话。没过几天，传言改变了说法，说马小兵爸爸在外面胡搞，被人在玉米地里捉住后，用刀划伤了，小偷的说法是他自己编出来的。

从那以后我见到马小兵，横看竖看都不顺眼，很想把他爸爸的丑行在班里揭发出来。但马小兵一直对我客气极了，别的男生惹我不高兴时他还去对人家拳打脚踢一番，我便不好意思对他不讲义气。

升入初中后，我收到马小兵写的一封信，那是我一生中收到的第一封情书。尽管他个子很高，长得很好看，私下里招几个女同学喜欢，我仍然觉得自己受到了很大的侮辱，我把马小兵的信撕成碎片装在一个信封里，在放学的时候扔给他就走了。我快走到家时他从后面追了上来，脸涨得通红，跟着我走了几步，问我："你为什么把我的信撕了？"我心想这还用问吗？"我不相信你不喜欢我。"马小兵跟着我走了一段后，突然说道。这话把我惹火了，我回头看着马小兵的眼睛说："我凭什么喜欢你？你以为你爸爸的事情我不知道吗？丢人现眼。"

马小兵那么大的个子竟然被我的这句话摁住了，他身子向后靠在一个红砖砌的围墙上，脸上显现出了类似于水泥的颜色，嘴巴也好像被水泥封住了，我转身继续走，在家门口时我扭头看了一眼，他已经没影儿了。

他跑得要多快有多快。

孙伍

有段时间爸爸工作忙，午饭我们要给他送到办公室去。

我是在爸爸办公室里认识孙伍的。他是外地知青，具体哪里人没记住。他中等个子，衣服比女人还要干净整齐，脸色比豆腐还白，细长的眼睛像两条小鱼，有时眨个不停，有时又一动不动。我爸不在，他坐在办公桌对面的椅子上，盯着我看。

我把装饭盒的包放在办公桌上，在我爸的办公椅上坐了一会儿。我爸匆匆忙忙进来，拍了拍我的头。

我把椅子让给爸爸，把饭盒拿出来摆到办公桌上。爸爸吃起来。没跟孙伍说话，更没客气地问问他是不是吃过饭了。

"我想离婚。"孙伍说。

我爸看了他一眼，"哦"了一声。

"那个老不要脸的还看不上我，让女儿跟我离婚？"孙伍说，"到底谁看不上谁啊？！我后悔死了，在知青点儿跟她谈恋爱，结了婚，要不我早就考上大学去北京了。"

爸爸只管低头吃饭。

孙伍的谈兴好像没受到什么影响。

"婚我是早就想离了，不为她们两个，也要为别人。"孙伍提到的"别人"，吓了我一跳，那是当时红极一时的女影星的名字。她的名字从孙伍的嘴里飞出来，那么亲近，那么随便，就好像他们昨天还待在一起似的。接着孙伍又提起另外两个女影星，还是那种很家常的口吻，他说她们暗恋他也有好长一段时间了。这么多女人都喜欢他，让他很伤脑筋。

"是得想想办法。"爸爸笑着说，把吃完饭的饭盒盖子扣好，回身交给我。

孙伍走了以后，我问爸爸："真的有那么多电影明星都喜欢他吗?"

"他想得美。"爸爸说完就把我打发走了。

过了没多久，孙伍拿着一把菜刀上了街。他引起了很多人的注意，有人问他："孙伍，你干吗去?"孙伍就一本正经地回答："我要去杀小破鞋和老不要脸的。"听的人嘻嘻笑，接着问："谁是小破鞋? 谁是老不要脸的?""我老婆是小破鞋，小破鞋的妈就是那个老不要脸的。"整条街的人都被孙伍弄得高兴起来了，"你为什么要杀她们呢?""我要和小破鞋离婚，老不要脸的不答应。所以，我只能杀了她们。"孙伍很有派头地说着，径直朝丈母娘家走去。

过了半个多小时，孙伍又回到了街头。跟在他身后的是那个"老不要脸的"，她披散着头发，手里举着菜刀，闹革命似的在后面追孙伍。街上的人从没那么多过，挨挨挤挤地朝孙伍逃跑的方向拥。孙伍的老婆后来也追来了，她和母亲在拉扯的时候，菜刀砍到了她的手背上，血很快就流了出来，她的手如同戴上了一只红色的手套。在往医院去的路上，母女俩互相搂抱着，哭得鼻涕一把泪一把，孙伍在她们身后不远不近地跟着，像看热闹的人一样脸上挂着笑容，跟别人一起嘲笑那对丢人现眼的母女。

那是孙伍最后一次公开露面，几天以后，他被送进了精神病院。

单莉

单莉是最早穿喇叭裤戴蛤蟆镜的姑娘，也是唯一一个在街上跟小伙子们一起抽烟的姑娘。她爸是大食堂的厨师，有几道菜做得相当出名，她妈妈永远把自己的头发抹得流油，走路时扭着屁股拧着腰，传说厨师的绿帽子能装满一仓库，但单莉妈妈从来没被捉奸在床过，甚至普通拉手都没有被抓住过。

单莉比她妈妈好看。腰细得不够人一把抓的，屁股像水蜜桃。她的头发梳得也和别人不一样，额头上面的头发拢起来，然后往后一梳，有点儿像时髦小伙子的飞机头。她的衣服颜色鲜艳，紧身，任谁看了她，目光都会变成苍蝇、蚊子、蜜蜂，围着她打转。

她最早跟矿上技术科的副科长好过，两家住得近，一来二去地好上了。后来她喜欢上篮球队的队长，就把副科长蹾了。她跟篮球队队长好的时候，整天在篮球场边混，像朵鲜花插在篮球队里，小伙子们都围着她，队长为了证明自己的主权，经常把手臂搭在她肩上。有比赛的时候，她坐在球场最中心的位置，比矿长还要醒目；没比赛的时候，他们要么聚集在一起抽烟聊天，要么用手提录音机放音乐跳迪斯科，她跳舞的时候那么高兴。谁也想不到她后来为了音乐老师甩了篮球队队长。

　　音乐老师是外地新调过来的，白白净净的，手风琴拉得特别好，歌也唱得好。从初中到高中的女学生们都被他迷住了。谁也搞不清楚他怎么会和单莉认识上，又好上的。

　　篮球队队长在大街上揍了音乐老师一顿，打得他鼻血横流，人人都以为他是厌货。但这个厌货在单莉要甩了他的时候，却抹了单莉的脖子。现场非常吓人，血喷得满屋子都是。

　　音乐老师是在河边被枪毙的。以前我们放学后经常到那个地方去玩，有一次还在草丛里捡到了鸭蛋。

　　单莉死后，她妈妈没了影踪，不知道她是出门了还是从此闭门不出。她的厨师爸爸变成了酒鬼，手里攥着个手榴弹似的酒瓶子，眼睛里面红通通的，看谁都像有着天大的恨。

病友

读高中的时候，我有三分之一的时间在生病，住过好几个医院，也因此，认识了几个病友，这个女人是其中之一。

第一次见面时我以为她被人打了，或者被什么重击过，她身上的瘀青很多，脸上脖子上好几块紫色。她的床头柜上摆着很多东西，跟医生护士说话很熟稔的样子。她带着伤，却还是笑嘻嘻的。

病房就我们两个。没有人陪护的时候，我们就闲聊。

她没被人打。她身上的青一块紫一块，来自她的血液病。她伸出手来给我看，她的十个指甲都是紫色的，嘴唇也是紫的。

她不知道自己怎么会得上这个病，也不知道这个病是什么。从22岁开始，她在医院里待的时间超过在家里待的时间。她去过好几个大城市，北京、上海、广州、沈阳……她边说边伸出手指头数着，像个小孩子。每到一家医院，她总能引起小小的轰动，吸引来很多医生。她的血是紫色的！她的病他们也没见过，他们都想研究研究，她的血被一管管抽出来，抽到她发出抗议："再抽下去就把我抽死了！"

医生专家对她进行过几次大型会诊，各有各的看法，但结果是她的病没有被治好。

她说起她的单位，她正儿八经的上班时间还不到一年，然后就病倒了。这些年她四处看病花的都是公费，耗资巨大，单位同事因为她已经好几年没拿过奖金了。她很不好意思，但她更想活下来。她才28岁，总觉得也许哪天就碰上好医院好医生，把她的病治好了。她单位里的人没有奖金也很不开心，但谁也不好意思因为没拿到奖金就咒她去死。至少当着她的面，同事们没说什么。

我们在一起住了一个星期。我出院的时候她送我到门口，有点儿难舍难分，她说她也快出院了。

半年后我们在一个婚礼上遇见。结婚的是她的同学，也是我同学的姐姐。她穿了身挺新的衣服，指甲仍然是紫色的，不知道底细的人，会以为那是她故意染的。她打量着新娘子，边吃糖边跟我说："下一个结婚的就是我了。"

他们同学差不多都结婚了，她快 30 岁了，是个老姑娘了。我冲她笑着点头。她比我大 10 岁，不像老姑娘，更像个小女生，活泼开朗，什么都憧憬。

婚礼过后不久，举行了她的葬礼。

张福

张福是个农民。一到冬天，他棉袄外面套着羊皮背心，在公路上赶着一辆毛驴车捡牛粪马粪。

很多人都认识张福，大家说起什么事情时，都会很自然地提到他，比方说谁谁的自行车在路上摔坏了，轮子飞了出去，差点儿被张福的驴踩到。谁谁家买了秋白菜，上坡时推不动了，张福帮忙推上去，还一直给送到家门口。谁谁家的孩子冬天时在路上放爬犁，要不是张福拉了一把，爬犁带着孩子差点儿钻进汽车轮子下面。张福区别于任何别的农民的地方在于，他不在田里，总是在路上。谁都看得见他。他自然而然地出现在大家的话题里。但张福也从来没成为过什么话题中的主题，他是作为某种参照物存在的，就好像路边的某间房子、某棵树。

"文革"结束了，又过了几年，20 世纪 80 年代到来了。80年代的中国就像从漫长的冬季里醒了过来，阳光变得明亮起来，天地间一片生机勃勃，张福从我们上学放学的路上消失了，我们也把他遗忘了。仿佛过了很久，在全国范围内的一次"扫黄"活动中，张福，连同他做的事情被公安局清查出来。

张福手头上管理着十几个女人，那时还没有夜总会、桑拿中心、洗头洗脚屋之类的地方，那些女人的生活看上去和其他别的人并没有任何不同，但那只是"看上去"。男人们去找张福，跟他谈好价钱后，张福把某个女人叫出来，到他安排好的房子里面和男人交易。其中有一个女孩子，长得病恹恹的，瘦弱白净，林黛玉似的，看人的神情很高傲，据说她在那伙儿人里面最年轻、最好看，价钱也要得最高。

张福被抓以后，沉默了好几天，后来才开始交代。他不说则已，一说惊人。他无须凭借任何文字记录（据说他是文盲），却能把几年之间交易的情况一项一项地讲出来，时间、地点、人物、价格，甚至当时的天气以及其他某些微不足道的细节，他都能讲得丝毫不差。

一大堆名字被抖落了出来，其中不乏有头有脸的人物和一些五六十岁已经儿孙绕膝的长者。在我们这个不大的地方，引发了一场世俗大地震，被波及的人家闹得鸡飞狗跳，离婚、寻死觅活的事件发生了好几起；更多的人看大戏，津津乐道，拍案惊奇。据说张福待在监狱里，倒是很从容，他说他这一辈子能干出这么大一件事儿，死也值了。

姨婆婆

姨婆婆是一个宽脸膛的老太太，牙齿好像有些问题，为了把话说得清楚，她的语速很慢，一个字一个字地讲。可能同样是因为牙齿的问题，她吃一顿饭的时间是平常人的三倍。她这样慢腾腾的，让生性爽利又总有很多事情要做的小姨很不耐烦。有时候急了，难免要摔摔打打，发几句牢骚。这种时刻，姨婆婆便装聋作哑，隐退进她那间光线昏暗的房间里或坐或躺。人老了，诸多无奈，凡事看不开也要看开。

小姨其实不是虐待婆婆的儿媳妇，好吃的好喝的，她一样儿也不缺少地摆上婆婆的小餐桌，而且据她抱怨，当年她刚结婚的那几年，受了婆婆数不清的气。小姨夫天生好性子，为人厚道谦和，夹在老妈和老婆中间，对谁都笑

171

眯眯的，对谁都无可奈何。

有一次小姨出门，在我们家所住的城市里转车，晚上吃饭时，话题说到姨婆婆的身上，小姨照例表达了一番对她的厌恶，然后说起前一阵子姨婆婆半夜里煤气中毒，她爬起来把婆婆拖到院子里的雪地上，好一阵子忙活才把她抢救过来。

"事后我很后悔，当时假装不知道就好了，反正她都八十多岁了，死了不是更省心？"

小姨是开玩笑，大家也都没把小姨的话当真。但我父亲的脸整晚沉着。他是个孝子，最恨人不敬老。小姨走了以后，他很不高兴地对妈妈说："她说的那是什么混账话？怎么可以这么做人？"

"她一直喜欢乱说话的，你又不是不知道。"妈妈替小姨辩解。

小姨刚走，一封电报拍到我们家，姨婆婆去世了。那时候的通信，没有办法及时地通知到小姨，三天后她出门回来又在我们家等候转车时才知道这个消息。整个晚上，小姨没说一句话。

第二天一早，父亲陪小姨回家帮忙料理丧事。几天以后，父亲回来。

"小姨回到家后，是怎么样的反应？"我问父亲。

"没下车就哭起来了，下了车往家走的一路上，更是哭天抢地的，没等进门，已经有人听见声音迎出来了。"父亲停顿了一下，又补充了一句，"她是真的很难过。"

"姨婆婆还真会挑时候啊。"我知道不应该，但还是忍不住笑了。

姑妈

我12岁那年，姑妈一家四口从外地搬来我们家附近。

说是姑妈，其实血缘关系很远，但我们两家相处得很近，姑妈经常来我们家做客，和我妈妈聊天聊到深夜。她们以为我睡着了，言谈不大顾忌，我才知道原来姑妈不能生育，堂姐堂兄都不是她生的孩子。

再后来飞来横祸，姑妈和姑父一起出了车祸，姑父一条腿残疾了，侥幸生还，姑妈当场丧命。家里一半的人赶去奔丧、帮忙，忙了好几天才回来。姑妈再也不会来我们家里做客了，她的形象被定格在那张遗像上。我这才发觉她是一个目光异常温柔的女人，那一刻的悲伤，直到如今仍然找不到恰当的言语形容。

大学毕业那年夏天，我坐火车回家看望父母，在卧铺车厢里，我上面的中铺是一个老教师，大概是懒得爬上爬下，她坐在我的铺位上和我聊天，起初我们有一搭没一搭的，东拉西扯，后来她提到她住过的一个小镇，我随口说，我姑妈以前也在那儿住过。她问起姑妈的名字，我说了，她拍起手来，原来她们竟是认识的，而且是邻居。

"你知道你姑妈不能生育吗？"老教师问我。

我说知道，虽然不是亲生的，但姑妈对堂姐堂兄好得不能再好了。老教师也说姑妈是个很善良的人，笑容温顺。

"我刚认识她的时候，她结婚没几年，做梦都想生个自己的孩子。"她接着说道，"我安慰她，说以后会有孩子的，让她不要着急。过了没有两个月，有一天我见到她，她喜洋洋地对我说，'我怀孕了'，那个月她整天想吃酸的，看见油腻的东西就吐。她确定自己的肚子里有个男宝宝。过了几个月，她的肚子鼓了起来，而且越来越大，见到她的朋友、邻居都恭喜她，十个月过去了，孩子没生，十二个月时，她去医院看医生，医生仔细给她做了检查，说她根本没怀孕，肚子里面其实是一股气。姑妈的怀孕完全是一次臆想。医生说完那些话的第二天，你姑妈的肚子就像泄了气的球一样，又恢复到原来的样子了。那以后，你姑妈再也不提想生孩子的事儿了。"

我很震惊，想起法国作家蒙田说过一句话：强劲的想象产生事实。我从来没想过，这句话居然会落实在我认识的人身上。

附：上海文化访谈

1. 问：最近一段时间，女性主义的话题多了起来，您是怎么理解女性主义的？

答：说实话我没刻意关注过这方面的问题。高中时读过波伏娃，那时候年纪小，读得半生不熟的，只记得个"第二性"，以及她和萨特是情人关系。他们相爱了一辈子，但不结婚，不同居。

"第二性"是波伏娃的标志性理念，是她女性主义的招牌定义。即女人"第二"，男人"第一"。这个观点可以一直上溯，追进《圣经》里。上帝用泥土捏了个人，在泥坯的鼻中吹进了生命的气息，于是有了"第一人"亚当。亚当很寂寞，上帝也觉得他独居不太好，在亚当睡觉的时候从他身上取了根肋骨，做了一个女人，夏娃。

　　讲故事，是一件很危险的事情。讲故事是"润物细无声"，也是"四两拨千斤"，天大的事儿，一个小故事就搞得妥妥帖帖的，兵不血刃。男女的事儿也是这样，男一女二，如果正儿八经地讨论，那得天荒地老，但一个故事，就把男女地位这么大的事儿定得准准的，夏娃这个"肋骨人"，从一开始就是附属，就是寄生，是为了给男人娱乐、解闷而产生的，"第二性"的说法儿，把女人说高了，抬举了。

　　亚当和夏娃的故事，借由宗教的传播，把男女社会地位和关系基本上固定住，并发扬光大。男性生而优先，女性生而"第二"。身为第二的女性，从出生开始，就位居男性之下。不同时代，不同文化，不同阶级，不同阶层，男性之间固然也存在着种种不平等，但仅就同一个平台而言，女性跟男性比起来，普遍是受压迫、被歧视的弱势群体。在这样的背景下，"女性主义"，是多么温和和试探性的口号啊，"女权主义"还有点儿锋芒，"女性主义"仅仅是一种提醒，女性并不完全是附属的，她是"第二"，但她也是独立的。

2. 问：您觉得男性在社会上没有承担更多的压力和责任吗？您觉得女性是被忽视的、被不公平对待的？

答：男人在社会关系方面是有很多压力，这些压力是外部的、公开的、相似的；而女性的承担却多是在家庭内部，女人的付出是私密的、内部的、隐蔽的，伴有各种各样的难言之隐。男人的工作如果出色，会得到喝彩和回报，赢得金钱、地位和尊重；女人的工作却是免费的、应该的、本分的、被忽视的。这些还是最基本面儿上的问题，是能在普遍意义上讨论的问题，时至今天，很多国家的女性遭受的偏见、歧视、凌辱、打压，仍然可以用"丧心病狂""令人发指"这样的词来形容。在科学进步到洞悉宇宙秘密、互联网改变生活方式的当下，这种状况的普遍存在和持续发展，却没有引起足够的重视和改变，这是正常的吗？

女性要求男女平等，这是最基本、最正常的诉求。女性要求自己有和男人一样施展才华和能力的机会，而非凌驾于男性之上（大部分女人在承担职场压力的同时，兼顾了生育和抚养孩子的职责）。面对女性的坚韧和隐忍，以及超量付出，通常得到的却不是掌声和尊重，而是质疑和嘲讽，这不是太奇怪了吗？说白了，男性在社会关系中，占便宜占得太久了，占得理所当然，理直气壮。因为内心虚弱，那些不属于他们的能力和地位，恰恰成了他们最无法舍弃的财富。在这样的背景下，女性主义风暴现在还只是开始，注定会愈演愈烈，女性并非无理取闹，而是忍无可忍，退无可退，争取本来就属于自己的权利。

3. 问：所以女性主义和女权主义就差一步，是不是？

答：可以说差之毫厘，也可以说差之千里。

太理论的东西我说不好，也不想从网上、从书上搬出一些名人名言进行对比和阐释。我倒是想说点儿题外话，说点儿八卦，比如说作为"第二性"的旗帜人物波伏娃，跟萨特的关系。

他们是知心爱人、灵魂伴侣，一生相知相爱却不结婚。他们彼此需要，互相成就，佳偶天成，超凡脱俗。但这段关系里面，两个人的关系真的那么平等吗？他们在相爱的同时，也经常旁逸斜出，各有其他的恋人。但刨除这些，波伏娃对萨特的迁就和妥协明显多出一大截，萨特身边女人如云，他是明星和泰斗，享受着倾慕和追捧，并从中挑选出合适的性伴侣。而波伏娃，经常会制造机会，让他和那些年轻美貌的女学生见面，并进一步发展关系。波伏娃的所作所为，以及在她和萨特的关系中，是如此的"第二性"，她更在乎什么呢？名利？真正的学术？女性的权利？如果她必须傍身萨特才能保留住自己的地位，那她的"第二性"又有什么意义？她的"肋骨性"倒是更一目了然吧。这样一个理论上最接近女权主义的人，她的实际行为都如此背道而驰，可见女性主义这些概念，说起来容易，做起来有多难。

4. 问：刚才说的是西方的女性主义文化，在以男权为中心的中国文化语境中，您如何理解女性？

答：男尊女卑啊。

"天尊地卑，乾坤定矣。……乾道成男，坤道成女。"男女地位问题在《易经》时期就盖棺论定了，一直沿袭到现在，算得上是堂而皇之，源远流长了，不只男人们觉得理所当然，女人们也深信不疑。

在中国的历史和文化语境中，男尊女卑的影响之深刻、之深远，真是说来话长。几千年来，男人占据着宗庙

180

殿堂所有的显赫位置，沾沾自喜；女人生下来就是"赔钱货"，出嫁时，于娘家而言，是"泼出门的水"，在婆家，连名字都没了，变成了某某氏；生了孩子以后，"母以子贵"变成孩子他妈。在家从父、出嫁从夫、夫死从子，女人的一生，是不断被轻贱、被弱化、被边缘的过程。男人可以三妻四妾，女人却只能三从四德。

5. 问：您觉得身为女性，是很悲剧的？

答：不能这么简单回答是或者不是。仅就我个人而言，我很高兴自己是女性。我喜欢并享受自己的性别。事实上，很多女性也会跟我一样。我们经济独立，有自己的看法和主张，可以通过作品表达我们和世界的关系，而且随着我们女性意识的增加，我们变得越来越强大。这种强大和男性化是两码事儿，是更性别化的、更平等的关系。

但刨除少数个体，就整体而言，尤其是从传统角度上讲，身为女性，确实是悲剧的。

女性长期处于附属地位，遭受各种歧视和打压，对男人产生了天然的依赖和盲从心理。自我怀疑，自我矮化、物化的现象十分严重。最典型的例子是班昭，出身名门，才富五车，父亲班彪和兄长班固，以及她自己都是历史学家，弟弟班超是史上名将，用现在的话说，是含着金汤匙出生的。

家庭背景好，班昭自身也才华出众，皇帝都给她面子，称她为"曹大家"（她嫁的丈夫姓曹）。这样一个书香门第出来的女知识分子，本该拨乱反正，为女性争得更大的空间和权利，但她却反其道而行之，自觉自愿地做了中国两千年来男尊女卑的形象代言人，著名的《女诫》便出自她手。

《女诫》开宗明义，强调夫为妻纲，教育女人要卑弱、敬慎、曲从，女人不只要讨好丈夫，还要讨好婆婆，婆家的姑、叔以及一切人，上下里外全都要讨好，才算合格，真是要把自己碾碎榨干低到尘埃里，还恨不得在尘埃里再被踏上几脚。班昭自己也是女人，这本《女诫》是写给女儿的，不知道她何以对女人这么狠心。对男人，她却没有任何要求。没有告诉女人们，如果嫁了个混蛋恶棍，当如何自处（李清照二婚时就不幸嫁了一个恶棍，她为了离婚，还受了官府的杖刑）。

男权社会是多么喜欢班昭这样的女人啊。班昭对奴役广大女性是多么有号召力啊。再找不到比班昭更好的、男尊女卑的形象大使了。女人自己卑弱，却常常比男性更加苛刻地对待自己的同性。那些敢于抗争和争取的女性，面对的敌人是男性和女性的总和。中国两千多年的封建历史，只有一个女人成功上位，其他妇人也曾专政，但要么垂帘，要么幕后，堂而皇之坐上龙椅称皇帝的，只有武则天一人。唐朝真是一个有意思的时代，它接受传奇和革命，它的容量和开放度是最大化的。

6. 问：您的《春香》是基于朝鲜李朝时代的民间故事《春香传》而写成的，您选择了这样一个题材，是有什么原因吗？更确切一些说，跟女性主义意识有关系吗？

答：这个话题很长，可能要多啰唆几句。

我先简单讲讲《春香传》是怎么样一个故事。

朝鲜李朝时代的南原府，官宦家公子李梦龙爱上了社会低阶层家庭出身的女子春香，两个人一见钟情，火速同居，蜜月期还没过够，李梦龙随父母迁回汉城府，跟春香上演了"碧云天，黄花地，西风紧，北雁南飞。晓来谁染霜林醉？总是离人泪。"式的分别。李梦龙走后，新任府使大人卞学道来到南原，这位大人风流成性，玩遍了烟花女子之后，听闻了春香的美貌，觊觎之心顿起。把春香抓来服侍，春香抵死不从，被卞学道投入大牢。百般折磨之后，卞学道给了春香两个选择，要么服从，要么死。李梦龙这时已经在汉城府官袍加身，当上了暗行御史大人，刚好负责回南原府调查卞学道。他扮成乞丐，微服私访，见了春香的妈妈，春香妈妈见乘龙快婿混成了乞丐，哭哭啼啼抱怨了一顿，带他去地牢里见春香。虽然李梦龙从官二代变成了乞丐，但春香爱情不变，情比金坚，嘱咐妈妈善待李梦龙，把家里的钱拿出来接济他。李梦龙深受感动。探监之后，他闯进卞学道大人的宴客厅，吓走了宾客，收服了卞学道。第二天上堂审讯，李梦龙穿着官服，用折扇挡脸，再次试探春香，春香仍旧是忠贞不贰，为爱情视死如归，春香的贞烈不只赢得了李梦龙的爱情，也感动了朝野，连国王也唏嘘不止，她由此摆脱了贵族和平民不能通婚的桎梏，嫁入豪门，"从此，过上了幸福的生活"。

妈妈最早给我讲这个故事的时候我还很小，觉得故事生动、瑰丽、传奇，但很快，随着我少年时代的到来，读书量的增加，我发现这其实是个很一般的故事啊，在民间故事里面，春香并没什么光芒可言，比她生动、刚烈、可歌可泣的人物多了去了。

随便举几个例子。

《孟姜女》中，孟姜女是葫芦里生出来的葫芦女娃，长大后嫁给范喜良，结婚三天范喜良就被抓走修长城去了，孟姜女千里为夫送棉衣，但范喜良已死，尸体被砌进了长城里面。孟姜女悲恸欲绝，哭得肝肠寸断，哭出了魔幻现实主义，把长城哭倒了，可谓惊了天地泣了鬼神。秦始皇大怒，但见了她本人后却被她的美色倾倒，要娶她为妻。孟姜女说嫁他可以，但要先厚葬亡夫，秦始皇答应了，孟姜女看着亡夫厚葬后，殉情而死。《白蛇传》中，白素贞是一条修炼了1800年的白蛇，修出了曼妙人身，迷住了许仙。高僧法海道高一尺，撺掇许仙跟白素贞喝雄黄酒逼她现出蛇身，许仙直接就被吓死了；白素贞魔高一丈，为了救郎君，冒险上仙山盗灵芝，救了许仙的命，可他实在太害怕自己的蛇妻了，刚缓过气儿来就投奔法海，躲进了金山寺。为了夫妻团圆，怀着孕的白素贞拼尽神力，水漫了金山，带领虾兵蟹将跟法海斗法，触怒了天庭，最后被永远镇在雷峰塔下。这位蛇仙为了一个俗男，上穷碧落下黄泉，这份决绝和胆识，令人叹为观止。相比孟姜女和白素贞的熟女之恋，《梁祝》里面的梁山伯与祝英台是青春期小清新爱情故事，绿草青青同窗，杨柳依依共读，既有男扮女装，也有十八相送，虽然两情相悦，奈何祝英台父母嫌贫爱富，棒打鸳鸯，有情人不能成眷属。梁山伯郁郁而终，祝英台人鬼情未了，结婚路上经过梁山伯的坟墓，霎时天昏地暗，阴风骤起，坟墓门轰然而开，祝英台从花轿中出来，向坟内纵身一跃，为爱情画上了生不同衾、死却同穴的句号，故事到此并未结束，两只蝴蝶从坟茔中飞出，那是梁山伯与祝英台的快乐魂灵，翩翩起舞。音乐家还由此写出了脍炙人口的乐曲。

中国的民间故事多如牛毛，随便拿出一个，都这么起承转合，楚楚动人。魔幻和现实完美切换，互为映照，毫无违和感，倒让故事和人物更丰盈、更深刻。相比之下，《春香传》的短板不是一点儿半点儿。比如说，春香兰心蕙质，知书达理，端午节见到李梦龙，两人一见钟情。这都符合人设，但当夜李梦龙越墙进去，倾诉爱慕之情，在春香的长裙上写下誓言，两人便结了秦晋之好。以古代风气和规范而言，这样的行为，不可谓不轻浮，而一旦李梦龙离去，春香摇身一变即成贞节烈女，无缝连接。而卞学道对春香起了霸占之心，却不用最简单最原始的方法，而是各种逼问、拷打，仿佛吸引恶霸官员的不是春香的美色

186

而是她精神的纯洁。而春香的坚守，换来的是李梦龙的各种乔装试探，李梦龙的心理很容易理解，但春香对这种不信任居然没有任何不满。白素贞水漫了金山后，在断桥遇到许仙，白素贞自己虽然没有出手，但与她情同姐妹的小青却执剑冲向许仙，非要杀了这个没情没意、偏听偏信的东西，而白素贞当时身怀六甲，给了她原谅许仙的理由。说实话许仙也没做什么过分的事儿，他只是个凡夫俗子，守着一条蛇过日子的恐惧是可以理解的。春香和李梦龙的故事，没有后现代的部分，一砖一瓦都根植在现实世界里面，人物的情感关系显得虚假做作，缺失了好故事必须要有的思考和反省。

说完了故事，我们再看这几个民间故事里面的女性意识。

《孟姜女》《白蛇传》《梁祝》中，三个女性形象都是光彩照人的，各有各的生动，但相同的是，她们都是自觉自愿地为男人牺牲。孟姜女殉情，祝英台投墓，白素贞被永镇雷峰塔下。三个飞蛾扑火似的爱情，结局无一例外地悲惨。有谁质疑过，脍炙人口的民间故事，一定是要女性悲惨收场才能实现吗？当然这几个故事里面的男人也过得不好，但他们的不幸是一带而过的，女人悲惨可怜的经历却演绎得丝丝入扣、一波三折。很简单的解释是：女性凄惨的经历极具观赏性、共情性、演绎性，因而也具备了流传性、经典性。男性欣赏这些故事里面的女人，不管贫穷、疾病，都对他们忠贞不贰、生死相守；女性则从这些故事里面，为自己平时的苦难找到了慰藉：天底下的女人都不幸，自己的这点儿不幸不过是沧海一粟，还有什么好抱怨、好抗争的呢？

《春香传》里面的春香也是一样。美貌过人，知书达理，性情温顺，招之即来，能温存相待；挥之即去，能恪守妇道。没有独立人格，没有深刻的思想，情感需要和精神追求都是依据男人的愿望而设定的，这个故事框架是男性理想化的、男权主义的、模式化的，当然也是陈腐的。

7. 问：基于对《春香传》中春香形象的不满意，您写作了《春香》，是刻意颠覆原来的故事吗？

答：是的。

《春香传》是个不错的民间故事。故事浪漫，传奇，耳熟能详。但它同时是一个空洞的故事，能看到骨架却摸不到血肉。

我想试试能不能写成另外一个故事。在我的故事里面，春香如何出生，怎么长大成人，什么人和什么事情曾对她产生了影响，什么样的机缘巧合使她最终变成了传奇。我要写民间故事里面没有的那些点点滴滴，柴米油盐，我要把《春香传》里面的"传"拿掉，我关心的是"春香"本身，以及她身边的其他人，所以小说定名为《春香》。

为此，我先用了很大的篇幅写了春香的母亲香夫人，这是个跟原著毫无关系的虚构人物，她是传奇的源头。因为她，才有了"香榭"，一个被玫瑰花环绕的庭院，庭院由连排的房屋组成个"回"字形的住宅。

香榭里的人，有女人也有男人，相同的是，他们都是时代和社会背景下的弱势群体，因为这样那样的原因，集结在香榭。这些老弱病残，在香夫人的照拂下，负负得正，活出了自由意志，活成了自己。

"香榭"是一个象征，它脱离了男性意志的主导，由女性和弱者构筑了一个乌托邦。作为这个乌托邦的核心人物，香夫人的重要性远远超过春香，她相信过、依赖过男人，但父亲和情人相继抛弃了她，她只能靠自己的美色和智慧生存下来。在这个过程中，她充分意识到舆论的力量，她从被动被传诵的风流人物，慢慢变成了流言的主导者。李梦龙和春香的爱情，香夫人从一开始就明白如果没有她的干预，这不过是一场普通的风花雪月的事件。李梦龙不是个能担当的男人，而且也不想担当。但香夫人有办法让他担当，把女儿春香娶进豪门，改换身份和人生，实现自己当年未曾实现的理想。香夫人做到了，尽管她遭遇的是个狠角色卞学道，他深谙社会之道，不被香榭的浪漫名声和表面繁荣影响，一眼就看到了香榭的症结所在，他是现实社会的缩影。香榭的架子搭得看似完美，其实想要毁灭掉很容易，几乎不费吹灰之力。香夫人选择了与卞学道玉石俱焚，这是她的命运，因为她还是旧思想，希望春香进豪门。春香从心机、能力，很多方面并不如香夫人，但她清醒、理智，她改写了故事的结局，没有嫁入豪门，而是变成新一任的香夫人，担负起照料大家的责任。就最后这一下，春香超越了香夫人，所以这部小说是《春香》。

春香在小说里的成长是持续的，从小孩子到少女，再到最终成熟起来，接受自己和香榭的所有弱势，坚持成为自己。《春香》这部小说里面的女性意识，是由香夫人起头，经历两代人才共同完成的。她们最大的勇敢和胜利是她们拿掉了"被"如何，变成了主动选择"我要如何"，哪怕为此要放弃爱情，也要绝世而独立。

8. 问：因为这部小说带着您对女性的个人经验以及思考，这已经不是原来的故事了。

答：确实不是。事实上，我的小说几乎可以把原来的故事像件外衣一样脱掉。这部小说换掉人名后，完全就是一个新故事。

9. 问：除了《春香》，您其他的作品中有明显的女性主义倾向吗？

答：写作的时候我从来没想过我要站在女性主义视角，或者别的什么立场，我考虑更多的是小说的故事、人物，以及如何写好故事以及人物。但作品完成后回头审视，其中有一部分作品还真是具有鲜明的女性主义倾向。比如说《僧舞》。这篇小说是由历史上一则真人真事引发的：朝鲜李朝时代最具魅力的女人黄真伊，出身贵族却因

191

为庶出倍受歧视，她性格疏放，琴棋书画都很出色，更是著名舞蹈家。对世俗和男权挑战的方式是主动投身妓房，以征服当时的社会名流、大儒为乐，与她交往过的男性无不为之倾倒。当时有位高僧知足禅师，名重一时，黄真伊登门拜访，为他创作和表演了"僧舞"，诱惑知足禅师破戒。那一夜在寺院里到底发生了什么没有人知道。我以自己的想象还原了那个夜晚。名妓和高僧进行了关于肉身的讨论和较量，色即是空，空即是色，他们各执一方，争辩不休，难分高下，最终，黄真伊披着袈裟跳了"僧舞"，突破了知足禅师的防线。黄真伊的女性主义在禅房里面大放异彩，令人难以抗拒，第二天她离开后，悔恨交织的知足禅师坐化而亡。

还有今年写的一个短篇小说《宥真》。宥真是"我"的一个韩国诗人朋友，两个人在国际写作营中相识、交往，宥真虽然有才华，却因为没有文坛大佬的扶持而很难出人头地。不仅如此，她的写作因为带不来名利，受到丈夫和周围人的轻蔑和嘲弄。只有谈恋爱的时候，她的诗歌才像某种化妆品似的，能让宥真多出一点儿魅力。但即使是这种吸引力，也如过眼云烟，恋情匆促而颓丧，婚姻沉闷而失败，找不到喜欢的工作，以至于宥真挣扎着想：是不是只有接受大佬的性骚扰，才是女诗人、女作家成功的必由之路？在小说的最后，文坛大佬在"me too"运动中跌下神坛，宥真在平淡孤寂的生活中，与诗歌为伴，贫穷但清高。

黄真伊和宥真，都有生活的基底，但又是理想化的形象。女性主义一旦融入小说里面，它的骨肉血脉其实也是打碎了糅合进人物和故事中，是混沌、暧昧、矛盾和纠结的。现在分析文本时，她们身上的女性主义成分非常重，但写作时，我关心的是她们最感性的部分。

10. 问：刚才提到的几部作品都有朝鲜族元素，《宥真》里面的女诗人也是韩国人，您的少数民族身份对您的创作有着怎样的影响？

答：起初写作的时候，我从来没考虑过民族问题。发表作品时，作者简介上面也没提到民族身份。我没生活在民族自治区，汉语才是我的母语，和专门写民族题材的作家不同。我早期写作的方向是关于少年成长时期的伤痛以及爱情、婚姻中，人与人之间沟通的困难。在这两方面题材之外，陆陆续续也写了十来篇古典背景的小说。说是古典，小说内在精神当然还是当下，古代背景不过是一个壳。在推远故事背景时，我想，反正是虚构，与其推到中国历史某个朝代，还不如推回到朝鲜半岛历史中，可能更有意思。所以就有了《僧舞》《高丽往事》这些小说。这种"旁逸斜出"式的写作，有点儿像"偷得浮生半日闲"，是个乐趣和调剂。但后来长篇小说《春香》的完成，使得这一部分题材突然变成我写作的一个重要方面了。而大家也好像突然意识到，我不只是女作家，"70后"作家，还是个少数民族作家。而这时，我差不多已经写作15年了。

我接受自己的多重身份：女作家，"70后"作家，少数民族作家。虽然每种划分都难免简单、粗略，但这些划分仍然能够体现出一些共同特质，对作家而言，能多个身份和视角，总会多一些惊喜。不过身份的多样性是外部的，或许能够丰富写作题材，跟作品的深度和思想性却关系不大。好作家和差作家从来不是由身份的复杂性来决定的，而是某些作家写出了让人感动的作品，通过作品回溯到作家身份的种种，这才有意义。

需要说明一下的是，我和任何用汉语写作的其他少数民族作家并无不同，但仅就朝鲜族而言，却有特殊性。

延边有朝鲜族自治州，自治州有作协，也有相当数量的用朝鲜语写作的朝鲜族作家，他们的作品如果发表在汉语文学刊物上，需要翻译。最近十几年来，我跟韩国文坛接触和交流的机会很多，认识了很多韩国诗人和作家。在韩国作家眼里，我是中国作家；在延边州作家眼里，我是汉语写作的作家；而在中国文坛，我又是个朝鲜族作家。

这种既相关又边缘的定位非常有意思，我可以用既身在其中又袖手旁观的心态打量好几方面的生活。这是写作的财富。

11. 问：您的多重身份非常有意思，作为女作家，您会在作品中突出强调哪个身份？您会在写作时，有意强调性别观吗？

答：我不会特别强调自己的某个身份，但作家很容易就在自己的作品中暴露出自己的一切，成长年代的特征，价值观、世界观，当然，还有性别观。所有这些元素都会自然而然地呈现在作品中。我写不出"50后"作家写的那些生活，我也写不出"90后"作家那种调调儿，同一个年龄段的作家因为个性和经历的不同，也会各具特色、异彩纷呈，但透过现象，还是不难发现很多共同的、共通的东西。

我不会在写作时有意强调性别观，但我写作的某个作品的初衷却经常是因为某个女人。比如说，《纪念我的朋友金枝》里的金枝。十多年前，有一次饭局，一个医药代表给我讲了一个真实的事件：一个女生很胖，不好看，为了减肥她偷偷做了手术，在胃里放进了一个类似于水球之类的东西，这样她就吃不下太多东西了。她瘦了下来，变成了美女，交了男朋友，但男朋友跟她好了一阵子，又分手了，她难过又绝望，吃了安眠药自杀，被人发现后送到医院洗胃，结果胃里的水球炸裂开来，她年纪轻轻的丢了性命。很简单的一个事件，我却一直没忘记过，我在脑子里面想象着这个女生，莫名其妙地，我为一个从来不认识的人心痛和唏嘘，仿佛她是我的同学，仿佛她是我的闺蜜，差不多十年过去了，我写了短篇小说——《纪念我的朋友金枝》。

再比如说，我写过一个话剧叫《画皮》。这个缘起很简单。《聊斋志异》里面的很多小说我都很喜欢，《画皮》是其中一个。1969年，香港拍了电影，1979年在内地放映。那是我小时候看的唯一一部恐怖片，非常害怕但又特别喜欢。二十多年后电影又被翻拍，找了很多当红明星，弄得热闹非凡。为了让每个明星都显示出亮点，他们把原来简单而深刻的故事改得花里胡哨的，鬼变成狐，还弄出几个三角恋来，而原著里面最华彩的部分，王生被鬼偷了心以后，妻子陈氏为了救夫，先是找到收了鬼魄的道士苦求，道士虽被她感动，却没有让王生起死回生的能力，他指点陈氏去集市找一个吃痰睡茅房肮脏无比的乞丐，说那个人能救王生。陈氏到集市找到了那个乞丐，被他几番羞辱、调戏，后来乞丐往手里吐了一口痰让陈氏吃，陈氏救夫心切，吃了下去，围观的人无不惊叹恶心，而乞丐疯疯癫癫转身逃得无影无踪。陈氏晚上回到家，王生还横尸在堂，她哭着为他擦洗身体，准备下葬，想起白日里受的羞辱，想起那口被自己吞下肚的痰，越想越委屈，越想越恶心，来不及转身就吐出来了，结果，吐出的是一颗怦怦跳动的人心，刚巧落在王生被掏空的胸腔里，王生死而复活。多么动人的情节，多么珍贵的一颗心，但电影改编的时候却把这部分拿掉了，变成了庸俗的两女争一男。我觉得这样不行，陈氏不应该被如此对待，我就动了重新写这个故事的心，把它搬上了舞台。我用了一些现代手段，但《画皮》的核心故事情节我保留了下来，我写的是一个女人，一个妻子，为了丈夫，她可以做任何可怕的事情，而这种付出不是为了男人的回报，而是她觉得这是她应该做的，她的付出和牺牲是心甘情愿的。女人有的时候，世界有多大，她就可以变得有多大。

类似《金枝》《画皮》这样的例子，我还可以举出很多，我喜欢我作品里的女性形象，这是这些作品得以完成的重要理由。好像我每一篇小说的缘起，都是因为某个女性形象让我放不下，非得把她安置在一个故事里面，就像安置在一所房子里面，我才能安心。

12. 问：您如何理解女性主义文化在未来中国的发展和变化？

答：中国的女性主义在现阶段，非常多元和复杂。笼统说来，中国仍旧处于男权时代，男尊女卑的思想在绝大多数人心目中根深蒂固。新中国的成立、教育的飞速发展、互联网社会的形成，每一次重大变革，对于女性群体都是不断解放和改善的推动力，显现出来的力量也很强大。在经济和文化发达的大城市，政治、经济、文化、思想、认知、观念、伦理等诸多方面，受过高等教育的女性参与度和决定权比重在逐步增加。

还有很重要的一点是，很多老的观念，发生了变化，这些变化直接反作用于男性主义、女性主义。比如说爱情。以前对很多女人而言，爱情、婚姻、家庭就是一切。但现在不是了。相当数量的女人和男人一样，对爱情、婚姻、家庭持一种开放的、疏离的、无所谓的态度。

我写过一个短篇小说《彼此》。里面的女主人公黎亚非在新婚那天，被丈夫的前任女友告知，婚前的一天，丈夫在她的床上度过。黎亚非照常结了婚，但那个女人那些话像缓释胶囊，在婚后的日子里持续释放着毒气，夫妻俩的生活过得很冷淡。后来，黎亚非因为去外地手术，爱上了同行的医生，并跟他有了婚外情。她跟丈夫离婚，跟医生重新组合了家庭，但就在她结婚的前一天，前夫来取祖传的戒指，跟她旧情未断阴差阳错地上了床，而这一切，都被在外面车里等她的新婚丈夫看到了。这篇小说写了一个环形的故事，先是"他"伤害"她"，再是"她"伤害"他"，"他"做了初一，"她"做了十五。男人和女人在这篇小说里势均力敌：关于爱情，他们都相信，又都不怎么相信；关于出轨，男人出了，女人也出了；关于背叛，男人能做的，女人也都做了。

我想说的是，女性主义不必刻意，当我们人生的很多元素改变的同时，性别意识自然而然地就会发生变化，甚至是颠覆。女性主义文化在未来会发展，不会是简单的某个概念或者口号，一言既出，应者云集，全世界的流量都跟随。它会是跟整个时代裹挟在一起的，里面细化成无数的空间和现象，滚动向前。发展到哪里，变化成什么样儿，现在很难讲，能确定的是，发展和变化正在进行，且摇曳多姿，波澜壮阔。

"小说家的散文"丛书

《出入山河》　　　　李　锐　著

《青梅》　　　　　　蒋　韵　著

《写给北中原的情书》　李佩甫　著

《星斗其文，赤子其人》　汪曾祺　著

《熟悉的陌生人》　　李　洱　著

《一唱三叹》　　　　葛水平　著

《泡沫集》　　　　　张　欣　著

《写给母亲》　　　　贾平凹　著

《无论那是盛宴还是残局》　弋　舟　著

《已过万重山》　　　周瑄璞　著

《众生》　　　　　　金仁顺　著

（以出版时间先后排序）

图书在版编目（CIP）数据

众生／金仁顺著. —郑州:河南文艺出版社,2020.12
（小说家的散文）
ISBN 978-7-5559-1070-1

Ⅰ.①众… Ⅱ.①金… Ⅲ.①散文集–中国–当代 Ⅳ.①I267

中国版本图书馆 CIP 数据核字（2020）第 215004 号

选题策划 杨 莉 孙晓璟
责任编辑 孙晓璟
书籍设计 刘婉君
责任校对 殷现堂
责任印制 陈少强

出版发行 河南文艺出版社
本社地址 郑州市郑东新区祥盛街 27 号 C 座 5 楼
邮政编码 450018
承印单位 河南瑞之光印刷股份有限公司
经销单位 新华书店
开 本 787 毫米×1092 毫米 1/32
印 张 6.5
字 数 108 000
版 次 2020 年 12 月第 1 版
印 次 2020 年 12 月第 1 次印刷
定 价 38.00 元

印厂地址 河南省武陟县产业集聚区东区(詹店镇)泰安路
邮政编码 454950 电话 0371-63956290